美国人眼中的
中国人和
日本人

［美］约翰·杜威 著

刘 霞 译

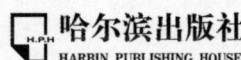

哈尔滨出版社

H.P.H

HARBIN PUBLISHING HOUSE

图书在版编目（CIP）数据

美国人眼中的中国人和日本人 /（美）约翰·杜威著；
刘霞译 . —哈尔滨：哈尔滨出版社，2020.8
　　ISBN 978-7-5484-5254-6

　　Ⅰ . ①美…　Ⅱ . ①约…②刘…　Ⅲ . ①书信集—美国
—现代　Ⅳ . ① I712.65

　　中国版本图书馆 CIP 数据核字（2020）第 029588 号

书　　名：**美国人眼中的中国人和日本人**
MEIGUO REN YAN ZHONG DE ZHONGGUO REN HE RIBEN REN

作　　者：［美］约翰·杜威 著　刘　霞 译
责任编辑：赵宏佳　赵　芳
责任审校：李　战
版式设计：艺琳设计工作室
封面设计：Amber Design 琥珀视觉

出版发行：哈尔滨出版社（Harbin Publishing House）
社　　址：哈尔滨市松北区世坤路 738 号 9 号楼　邮编：150028
经　　销：全国新华书店
印　　刷：三河市兴达印务有限公司
网　　址：www.hrbcbs.com　　www.mifengniao.com
E-mail：hrbcbs@yeah.net
编辑版权热线：（0451）87900271　87900272
销售热线：（0451）87900202　87900203
邮购热线：4006900345　（0451）87900256

开　　本：787mm×1092mm　　1/16　印张：15.5　字数：180 千字
版　　次：2020 年 8 月第 1 版
印　　次：2020 年 8 月第 1 次印刷
书　　号：ISBN 978-7-5484-5254-6
定　　价：59.80 元

凡购本社图书发现印装错误，请与本社印制部联系调换。

服务热线：（0451）87900278

用旁观者的眼寻找被忽视的美

夕　琳

　　约翰·杜威是美国著名的教育家、实用主义的先行者，他提出的对中国教育发展产生深远影响的教育三中心论，使他的部分思想观点得到了中国人的认可。正因如此，当得知他曾经在风云变幻之际到日本和中国进行拜访时，人们就一直迫切地想要知道，在这位美国教育家眼中，中国和日本到底是什么样子的。他们相信，这位坦荡的美国人，这位毕生致力于教育的实用主义者，定会将他眼中中国和日本的样子，完完整整地展现在人们面前，向人们展示这两个东方国家独特的魅力。

　　而杜威也没有让人们失望。在结束两年多的旅行后，他根据自己在中国和日本的经历，写就了许多书信和杂文，把自己在日本和中国的见闻详细地记录了下来。

　　阅读此书，我们能够看到那一时期，中国和日本所特有的风土人情，以及中国人和日本人为人处世的态度。我们可以从这本书中感受到日本人的优雅、看到工业化带给日本的强大，以及骨子里的旧有观念给他们带来的攻击性。我们还能通过阅读此书，了解有着五千年历史的中国，在新旧文化的冲击下，呈现出的独特文化景观；观赏这个幅员辽阔的国家所具有的，独一无二的美丽和优雅；看着中国人是如何凭借自己的勤劳、勇敢和智慧一步步走向光明的。我们还可以从中国青年学生身上体会"以天下为己任"这句话背后所承载的重如泰山般的责任感，进而对中国和日本都有一个更深的了解。

有些人说杜威是一个美国人，无论他有多么杰出，他眼中的中国和日本都有不实之处，他写的书，并不足以作为我们了解中国和日本的资料。如果我们真的想要了解某个地方过去的样子，我们应该去找那些生于斯长于斯的人，了解他们的过往，以及他们眼中的山河故国。

表面上看这句话似乎无懈可击，可是世上有这样一句话：当局者迷，旁观者清。想想看吧，一个对自己的故乡怀有深厚情谊的人，怎么可能公正评价自己的家乡？一个每天看着同一片景色的人，怎么会将这样的景色当成是绝美的、与众不同的风景，主动向从未感受过这种美丽的人提及呢？

如果你单纯从这些当局者口中了解你深深着迷的国家或地区，那么你所了解到的所有东西，都是被哈哈镜反射过的、不够真实的。只有一个站在旁观者角度，冷静面对自己看到的一切的人，才能将那个地方所有的美丽，准确地展示在你的面前。而杜威正是这样的一个人，这也正是《美国人眼中的中国人和日本人》这本书的魅力所在。我们可以通过此书了解到，中国和日本这两个令人产生了无数遐想的国家，在20世纪呈现给世人的真实面貌。

美国人、中国人和日本人的性格比较

荣楚欧

由于受到地域等不同因素的影响，美、中、日三个国家的人民，形成了千差万别的性格特点，这三种截然不同的性格特点，也使他们为人处世的方式有很大的不同。接下来，我们就来分析他们的性格特点，以及这种性格特点形成的他们在为人处世上的优缺点。

美国人有很强的自我意识，这里的自我意识是指在大多数美国人的心中，自己人生价值的实现比其他任何东西都更重要。在他们思考某件事情的时候，他们首先站在自己的角度考虑得失，然后才会想到这件事情对自己的家庭和单位等集体造成的影响，所以在面临人生的重大选择时，他们会根据自己的意愿做出决断。事实上美国人的这种自我意识不只是体现在他们处理事情的方式上，也体现在他们对待他人的态度上。美国人通常不愿意干涉他人的选择，即使对方是他的孩子和亲友也不例外。他们很少主动对别人伸出援手。在他们看来，自己的困难就要靠自己来解决，谁也不能当谁的救世主。

事实上这种性格如同一把双刃剑，从有利的角度看，它能帮助美国人主动、积极地提高自己的个人能力，让他们拥有足够的力量面对人生的风雨。在这种自我意识的驱使下，大部分美国人都能认清，并且能积极主动地承担自己的责任和义务。举个例子，即便是再邋遢的美国人都会自觉地保证自己所在的公共区域的干净和整洁。他们可能会抱怨做这件事是无趣的，但是他们绝对不会因为这个缘故，就任凭自己所在的公共区域给人留下一种脏乱差的感觉，也绝不会将这件事情推到别人的头上。因为在他们看来，自己应该为与自己有关的一切负责，这令他们的生活过得井然有序，坦荡从容。

从不利的角度看，这种自我意识会使美国人将合作看作一件累赘多余的事情。任何时候，他们都倾向于凭借自己一个人的力量来解决问题；即使不得不与他人一起完成一件事时，他们也会固执己见，不接受他人的不同意见。毫无疑问，这种情况会使他们在面对那些需要集体力量的事情时，产生力不从心的感觉。

事实上美国人不仅有很强的自我意识，还有很强的竞争意识。美国人不愿意接受"水平相当"这样的话，在他们看来胜负之间是有明显的界限的。他们乐于在任何一个场合和他人分出高下，就像是狼群中的每一匹狼都会用尽全力争夺狼王一样。不仅如此，在进行选择的时候，他们往往会对数个选择对象进行比较，只有"优胜者"才能得到他们的青睐，而"失败者"往往被他们弃如敝屣。与自我意识一样，这种性格特点也是有利有弊的。一方面，在这种竞争意识的影响下，美国人做每一件事情都会觉得自己正在被别人追逐，从而产生紧迫感和前进的动力。这会使他们注重做事效率和自我能力的提高，将每一件事情都做到尽善尽美，进而帮助他们拥有更好的前途和更高的生活品质。另一方面，在强烈的竞争意识的驱使下，美国人做事都是将最终的结果放在第一位，而这很容易让他们变成功利主义者，错失许多美好的、值得珍惜的东西。

举个例子来说，美国人在观看话剧时，总是不厌其烦地选择那些获奖的或者是得到专业评论家称赞的话剧，而那些没有得到专业评论家和评论机构认可的话剧，不管再怎么精彩都得不到他们的青睐。这不仅会使优秀的剧作家产生怀才不遇的悲愤，还会使他们自己错过那些艺术带来的震撼和力量。可以说美国人既是竞争意识和自我意识的受益者，同时又是它们的受害者。

事实上，美国人也意识到了这一点。但是在他们看来，不论是以自我为中心还是强烈的竞争意识，对他们而言都是利大于弊的。因此，他们从未曾试图改变自己的这些性格特点。不过这些性格特点相对来说是比较内在的，倘若你不是长期和一个美国人相处，那么你就察觉不到他们崇尚个人主义，也察觉不到他们身上沸腾着渴望竞争的鲜血。然而，在美国人的身上还有一个非常明显的性格特点，即直白。

如果你在和他们交往的过程中犯了什么错误，或者是做了什么让他们觉得无法接受的事情，那么他们就会直白地将自己内心的不满表达出来，至于你听到此话后的心情好坏，则不在他们的考虑范围之内。在与人交往的过程中，美国人也习惯开门见山地说出自己到访的目的，而不会在此之前用一堆应酬的话来暖场，在他们看来这种行为除了让时间飞快地流逝之外没有任何的用处。这种性格特点形成的处世方式的利弊同样非常明显。从有利的角度来说，这种处世方式会提高他们的办事效率，使他们用较短的时间获得较大的利益，尽快达成自己的目标。从不利的角度来说，这种开门见山的直白的说话方式，会使得那些不了解他们的人产生他们不近人情、冷漠的错觉，给他们的生活和交际带来不必要的麻烦。像对待自我意识和竞争意识一样，尽管美国人意识到自己的直白可能会给自己招来莫名其妙的麻烦，他们也不愿意改变或是隐藏自己的这一性格特点。而且无论经历过什么事，他们都不会从自身的性格找原因。因此我们可以得出这样的结论：从性格上来说，美国人是以自我为中心的，是极具竞争意识的，而且他们都是坦率直白的。

　　而中国人在许多方面都呈现出与美国人截然相反的性格特点。首先，中国人有极强的集体意识和家族观念。如果让他们对自己的身份做出定义，他们会下意识地将自己在家庭中的身份先说出来，其次才是自己的身份和成就。在处理自己的"人生大事"的时候，他们会不由自主地被他人的意见所影响，极少按照自己的意愿来行事。

　　倘若一个中国少年想要将画画作为自己为之付出一生的事业，可是他的家人如果都众口一词地对他说："画画是一个没有前途的行业，你应该慎重地考虑，重新选择一个对你将来的人生有很大裨益的行业。"那么得不到支持的他就很有可能放弃画画转而选择一个他从未考虑过的行业，并为之努力一生。

　　其次，中国人往往是含蓄内敛的。在处理与他人的关系时，中国人讲究的是中庸之道，是"和为贵"。如果不是在特定的场合，他们很少将自己和别人放在一起进行比较。竞争当然也是存在的，但是中国人并不会像美国人一样在大庭广众之中说出"我要击败某某人"的话，所有的较量都是无声无息地进行的，除了当事人和与其关系密切的亲友，其他人都不会知道。非但如此，倘若哪个中国人在竞争中失败了，那么，与之交谈的其他同胞都会避开这个话题，并将这一举动视为体贴。如果这个中国人如愿以偿地获得了自己想要的成功，那么他也会尽可能地让自己将这一成功看淡，即使真的欣喜若狂，也没有哪个中国人会在对手的面前将内心的欢喜表现得太过明显，否则会被其他的同胞视为得意忘形。

　　除此之外，中国人非常在意体面。如果有哪个中国人被他人用特别直白的话责怪了，那他一定会觉得自己颜面扫地，进而闷闷不乐，而那个将他的缺点直言相告的人，也会被他拉到拒绝往来的黑名单里，除非万不得已，否则绝不主动联系。也正是因为这个性格特点，所以大多数中国人提到他人的缺点时，都会表达得比较委婉，至于对方能不能明白就要看他自己的领悟能力了。有这一性格特点的中国人，很少会在拜访他人时直白主动地说明自己的来意，总是要先用其他的话做铺垫，再慢慢地将谈话的方向引到自己拜访他人的目的的话题上，以免让他人觉得自己目的性太强，不懂得体贴他人。

这样的性格特点同样具有两面性。从有利的角度来说，中国人这种含蓄内敛的性格，以及由性格延伸出体贴他人、在乎他人看法的表现，很容易给其他人尤其是异国来客留下比较好的印象，进而拉近彼此之间的距离。从不利的角度来说，在这种性格特点的影响下，大多数中国人做事都摇摆不定，容易因为他人的反对和阻拦陷入功败垂成的艰难境地之中。

中国人的性格可以用含蓄内敛来形容，美国人的性格则可以被称作注重效益、开朗直白。

但是我们却很难找出一个词语来形容日本人的性格。这是因为站在局外人的角度来看，日本人的性格是自相矛盾的，我们没有办法用一个词语准确地形容日本人的性格特点，这实际上跟日本社会流行的耻感文化密切相关。

耻感文化发源于中国儒家思想，儒家思想强调：人应该知道礼义廉耻，将其作为自己为人处世的道德底线，否则就会成为众矢之的，被世人唾骂。该思想的本意是人应该注重道德修养，不做违背道德的事。而日本人将这种思想解读成了以他人的态度作为自己为人处世的标准。在这种解读的影响下，日本人非常在意他人的眼光，将他人的评价看作判断自己行事是否正确的标准，而没有形成自己的是非观念。如果身边的人对自己的行为表示赞赏，那么他们就觉得自己的行为是恰当的；如果身边的人在他们做一件事情的时候用责备的目光看着他们，那么他们就会觉得自己犯下了极为严重的错误。因此，日本人在为人处世上往往呈现出两个极端。当格外注重集体意识的他们处在自己平日的交际范围中时，为了给身边的人留下一个好印象，他们会显得特别温文尔雅，谦卑恭顺，甚至会让你觉得他们过于自卑。

在日本，你见不到任何高声说话的人，所有人都是轻声交谈，力求不影响到身边任何人。如果有人因他们的举动稍微皱一下眉头，他们就会立刻诚惶诚恐地道歉。不仅如此，不管他们多么愤怒，只要令他们愤怒的那一方弯下腰来道歉，他们就会立刻表示谅解，甚至会把事情的责任揽到自己身上。

可是，一旦这些在自己家园表现得谦卑恭顺的日本人，到了没有人了解他们的地方，他们的行为举止就会变得迥然相异。他们会在街道上侵扰素不相识的行人。面对指责时非但不反省自己的错误，还会把自己犯下的错误推到别人的身上。更不可理喻的是在耻感文化的影响下，他们丝毫不觉得自己做了错事，反而觉得自己做了件维护自己和家人形象的大好事。在他们的身上，我们完全可以看得出，单纯地将自己身处的小集体中他人的看法当作衡量一切的标准，丝毫没有自己的是非观念是件多么可怕的事。

除了没有正确的、成熟的是非观念，日本人身上还有一个非常明显的特点——他们极端崇拜强者。对待才华能力高于自己的人，他们总是殷勤备至，甚至会做出一些在外人看来不可思议的举动。但是，对待各方面都不如自己的人，他们就会趾高气扬、傲慢无礼，丝毫不顾及对方的感受。在大多数日本人的眼中，弱者是没有话语权的，同样，他们也不值得被人尊重。这种以强者为尊的特点，使他们做了不少令人厌恶的事情，也错过了人世间许多美好的事情。

可以说，没有是非观念和强者崇拜这两点是日本人身上的致命缺点。

不过日本人身上也并非都是缺点。在日本，大多数人都秉持着认真负责的态度对待自己的生活、工作和爱好。一旦他们下定决心要做某一件事情，他们就会将自己的全部精力都投入到这件事情上去，并且竭尽所能地将这件事情做到完美，绝不会因为外在因素而改变自己的初心，或是以敷衍的态度对待这件事情。如果你走进日本人的餐厅点上一道生鱼片，那么这家店的老板——负责做这道菜的厨师，就会到专门的地方买来新鲜的鱼，然后当着你的面完成这道菜的制作。如果有人对他说："这种做法太浪费时间、精力，可以选择不是那么新鲜的鱼来做菜，客人尝不出来。"那么，他就会觉得自己受到了羞辱，与此同时，他还会将此人视作道德缺失的"无行"之人，将此人列入禁止往来的黑名单。

此外，日本人习惯用开放和学习的心态来面对各种各样的新事物。一旦他们发现某种东西对自己甚至同胞的生活是有利的，他们就会积极地接受甚至是主动接触这种东西，让这种东西能为他们自己所用。毫不夸张地说，他们是世界上最乐于学习之人，这一点能帮助他们迅速地走出困境，并且变得比过去更好一些。

除了善于学习这一点之外，日本人总是会用郑重的态度对待自己国家的各种传统文化。他们会将得到自己认可的那些文化，一代一代地妥善保存下来，让这些文化能够在漫长的岁月里始终拥有旺盛的生命力。不管是从中国传入的茶道还是他们国家本身具有的各项传统文化，都已在他们的国家流传了千百年，这也是日本人值得我们学习的地方。

通过分析美国人、中国人、日本人的性格特点，我们发现尽管这三个国家的人在性格方面均有利弊且千差万别，但是有一点是相同的，那就是他们这些性格的养成都与自己国家特有的文化有千丝万缕的联系。换言之，之所以三个国家的人在性格上有如此巨大的差异，都是因为他们奉行的文化不同。美国人的直白自我根源于立国之初就植根于美国脊梁中的独立和追求独立的精神。中国人之所以含蓄内敛是受在中国传承了几千年的传统儒家文化的影响。而日本人极端矛盾的性格则是因为耻感文化已经深深地刻在了他们的骨子里。这提示我们要用慎重的态度对待文化的传承和选择，以便我们身上的由国家文化决定的集体文化可以变得更好。

美国人、中国人、日本人在日常生活中独有的特色

席圣文

不同的文化和地理因素不仅使美、中、日三国人的性格有很大的差异性，还形成了他们衣食住行的特殊性。

从服装上看，即使是在近现代，美、中、日三国在穿衣理念上仍然有很大的不同。美国人穿衣服讲究随性、舒适，除了非常严肃的场合，他们是不会像我们想象得那样穿西装打领带的，穿着奇装异服的少年，以及睡眼惺忪穿着肥大衬衣出门的中年人士在美国随处可见。他们非但不认为这样做有失礼仪，还会认为这是彰显自己独特个性的一个良好行为。美国人从来不在服装的品牌上下功夫。当其他国家的人在名牌店里精心选购的时候，他们往往站在街头，在一堆只有十几、二十几美元的平价服装中选择令自己满意的，并以此事为荣，在他们眼里花一大笔钱买所谓的名牌服装是非常不可理喻的。不过这些并不表示美国人对自己的穿着毫不在意，他们在意的点就是更换服装的频率。据统计，美国人最多两天就要换一次服装，且一个月内同样的服装不能在身上出现五次，如果没做到这一点，他们就会因此而沮丧。

而中国人在选择自己的服装时，不仅要考虑服装的舒适度和自己的喜好，还要考虑周围人的看法。大多数中国人在选择服装时，都要征询身边亲近之人的意见并试图得到认可，那些被别人觉得丑陋的服装他们是断然不会选择的。这就造成了一个后果，即一定时间内同一个年龄段的中国人所穿的服装有很大的相似性，他们从来未尝试过在服装上标新立异。受含蓄内敛性格的影响，中国人的穿衣风格大多比较保守。尤其是年龄稍长的中国人，他们不能接受那种"袒胸露乳"的服装，认为这是有伤风化的。除了这两点之外，有能力的中国人经常将那些名牌服装作为自己购买服装时的首选，他们认为这些名牌服装品质要远远好于那些平价服装，个别人还将穿着名牌服装看作一种彰显财富和地位的手段。

在这一点上，日本人和中国人非常相似，除非万不得已他们是不会选择那些不是名牌的服装的，认为穿着那些服装出门会有失颜面。此外，日本人非常注重服装所代表的社会含义。在日本无论是什么样的企业，都要求自己的员工穿着公司特定的制服上班，目的是提醒这些员工他们身上背负着责任和义务，让他们时刻牢记什么是自己应该做的事。在这一点上，中国受到了日本的影响，如今中国的学生、医生，以及部分的公司白领和工人，都被要求穿着特定的制服，来提醒自己身上背负着责任。

从饮食和用餐习惯来看，三个国家也有各自不同的特点。从饮食方面来说，美国人在饮食上向来颇为随意，他们习惯用简单易完成的食物作为自己的一日三餐，不会费心研究各种菜式。由于对效率十分看重，他们习惯在工作日食用各种快餐。拿着汉堡包走向办公室的上班族，是美国街头上一道独特的风景。

而在中国，这完全是不可想象的事情。由于幅员辽阔，中国人可以食用的食物种类有很多，且他们创造出了许多不同口味的菜品，在用餐的时候他们往往会根据自己口味的偏好食用多种食物。如果像美国人那样用简单的快餐作为食物，那么他们就会难以抑制地对用餐这件事甚至是自己这一天的生活产生厌倦感。

早在几千年前，中国人就有了"食不厌精，脍不厌细"的说法。在烹饪的时候，专业的厨师或是醉心厨艺的人往往会用多种多样的方式对食物进行处理，力求让食物变得美味可口。在中国人的眼中，食物不仅是用来吃的，还是用来欣赏的，他们会尽可能地保证自己做出来的食物是色香味俱全的。为此大多数中国人在食物制作完成以后，都会精心地对食物进行修饰和搭配，以保证食物能带给自己和客人视觉和味觉上的双重享受。

除了以上两点之外，中国人还讲究药食同源，把饮食和身体的健康紧密联系起来。他们会根据不同的季节食用不同的食物，通过食物为自己提供身体所需要的各种营养成分。举个例子来说，夏日天气炎热，人们身体里的水分会随着温度的升高而急剧减少，进而出现眩晕、呕吐等现象，这时中国人就会食用能够解暑热的绿豆汤和有"天然白虎汤"之称的西瓜来缓解身体的不适。而冬天天气寒冷，人们体内的湿气较重，此时羊肉萝卜汤这种能驱寒的食物，就变成了家家户户餐桌上的首选。

凡此种种，都使其他国家的人们叹为观止，他们说："中国是世界上最注重饮食的国家，中国人的美食也具有令人欲罢不能的魅力。"仔细想来在这一点上中国确实是实至名归的。

事实上，并不是只有中国人才注重自己的饮食，日本人在饮食上也很用心。然而，受地理环境和传统文化的影响，他们的食物种类和食物的做法都很单一。如果你有时间到日本的各大餐馆去调查的话，你会发现大多数餐馆里的食物都是寿司、生鱼片和汤，蔬菜是难得一见的东西。日本的食物口味都是非常清淡的，刺激的滋味甚少在日本的食物中出现，他们对饮食的用心，基本体现在制作食物的过程上。

　　无论什么时候，他们都会用新鲜的食材制作自己的食物，而那些不新鲜的食材和被剩下的食物，无一例外都会出现在垃圾桶里。如果你到日本的餐馆点上一种食物，那么你就会见到这种食物制作的全过程，且厨师完成之后不会立刻离开，他会当面向你确认，你对食物是否满意。如果你对食物的制作过程有所不满，那么厨师就会无条件地重做，直到你满意为止，这是日本在饮食制作上的独特之处。

　　而在用餐习惯上，美、中、日三个国家的人们也各不相同。美国人在用餐时习惯用刀叉，并且会将餐巾放在自己的腿上而不是桌子上，以备不时之需。在外出做客时，他们会在女主人邀请的时候开始进餐，进餐时会保证自己的餐具不发出任何的响动。当他们觉得自己已经产生了饱腹感，他们会将自己使用过的餐具并排放在自己的餐盘当中，并且让餐具可能伤人的那一边离自己更近一些。如果他们因为一些不可抗因素不得不中途离席，那么他们会向在场的所有人致歉，得到所有人的同意后才会离去，绝不会在不说明理由的情况下擅自离开，否则就会变成所有人眼中没有礼貌的粗鄙之人。此外，尽管是聚餐，主人家也不会在宴席上准备太多的菜肴。

　　而中国人用餐的时候，都会将筷子作为自己的用餐工具。在用餐时间上，不管是家庭聚餐还是同事之间的聚餐，中国人都习惯在长辈或是上级发言之后才会开始食用。另外，中国人在宴席上的时候不能轻易放下筷子。如果你在宴席刚刚开始的时候就放下筷子，主人就很有可能产生自己招待不周的错觉。如果你在众人酒酣耳热之际因为一些理由不得不离席的话，你只需要将自己的理由说给近旁你认为可以的人听就行了，没有必要让身边所有人都知道，那些非常私人的原因尤其如此。中国人没有刨根问底的习惯，他们习惯在这种事情上展现自己善解人意的一面。

在聚餐的菜肴选择上，中国人也有自己的特色。他们会尽可能地在客人来访的时候准备六个或八个，甚至是十个菜肴，而绝对不会简单地准备几个家常菜，或是让桌子上的碗碟呈现出单数，这是因为在中国六、八、十这几个数字都有美好的寓意，而单数总会让中国人联想到分离。值得一提的是，中国人用餐时奉行的是合餐制。事实上在商周时期，古代的贵族们也曾执行过分餐制，随着饮食文化的发展变迁和桌椅等用具的传入，中国人开始实行合餐制了。这一用餐制度从唐朝萌芽一直延续到今天，往后也会一直在中国延续下去。

由于这一用餐制度是在中国唐朝时期萌芽，而日本的许多传统文化都是从唐朝文化中演变而来的，因此许多人理所当然地认为日本实行的也是合餐制。然而，事实并非如此，由于日本人一直习惯跪坐在榻榻米上用餐，因此，他们像美国人一样实行分餐制。不仅如此，日本人还形成了一套独一无二的用餐礼仪，这种礼仪体现在餐前准备、用筷方式、用餐禁忌以及种种宴会规则上。

用餐之前，习惯于在榻榻米上用餐的日本人会脱掉鞋子，摘下手套，用正坐或是盘腿坐这两种坐姿端正坐好，菜肴被端上饭桌后，他们会先说上一声"我开动了"再开始品尝菜肴，没有人会在不打招呼的情况下直接将筷子伸向菜肴，否则会被其他人视作傲慢无礼。

在使用筷子的方式上，日本人非常忌讳将筷子举在半空，或是将碰触到食物的筷子空着收回来，他们认为这是非常不礼貌的。日本人用完筷子后，大多会将其横放在筷架上。如果是在用餐间隙放下筷子，他们大多会用纸把筷子包起来，然后横放在碟子上。不会有人随意地将筷子摆放在其他器皿上，他们认为这种行为是一种轻视他人的不堪举动。

在用餐时，日本人通常会注意以下四点：

1.他们必须在自己的碟子中空无一物时，才能去夹另外一道菜肴，绝不允许在碟子中尚有剩余的时候就向其他的菜肴伸出筷子。

2.一旦他们夹起一块食物，就必须将其吃完，把大块食物放回碟子分几次吃完是不被允许的。

3.他们必须用碟子而不是手，来防止掉落的食物弄脏衣饰。

4.夹起食物后，必须立刻放入嘴中，将食物高高举起然后评价食物色香味的这种行为在日本是禁止的。

这些用餐禁忌，反映了日本人在文化和生活环境的影响下形成的严谨、保守甚至是过于刻板的性格。而同样反映出这些的还有他们的宴会规则。在日本，宴会开始之前，年轻或是资历浅的人必须先于年长或资历深的人到达宴会，然后站在门口迎接他们。如果有哪个参与宴会的人做不到这一点，那么他就会不停地向其他人鞠躬道歉。在参与宴会的时候，必须始终保持左手端汤的方式，并且坐得笔直。如果谁在这个过程当中摆出一副非常慵懒的姿态，就会受到其他人的嘲笑甚至是嘲讽，这一切都使日本的宴会呈现出一种肃然。不过通常情况下，这种肃然维持不了多久，因为日本人在聚餐时都以喝醉为荣，在宴会进行到最后的时候，所有的宴会参与者都会变成醉鬼，宴会的氛围也会随之改变。这种宴会氛围的变化，恰恰体现出日本人复杂多变的性格，与其他国家的人形成鲜明的对比。

总的来说，中国人在饮食上注重的是精制、合理、多样，美国人注重的则是效率和饱腹感，而日本人则习惯强调食材的新鲜，以及用餐的仪式感。我们完全可以从美、中、日三国风格迥异的菜肴中窥见三个不同国家的人对待生活的态度以及他们为人处世的行事准则，而这些从他们喜爱的房屋以及对待房屋的态度上也能够看得出来。

美国人非常注重个人空间，因此他们的房屋大多都是独门独院的，每一栋房屋的前面都有较大的活动空间。此外，美国人没有房屋"过时"的观念，如果你到美国的房屋中介咨询，你会发现其中大多数房屋都有一二百年了，而那些只有几十年的房屋大多都被当成廉价出租房使用。不仅如此，美国人对房屋的占有欲远没有其他国家的人那么强。在今日的美国有三分之一的居民心甘情愿地去做租房一族。

这一点在中国可以说是不可想象的，中国人讲究"安土重迁"，对土地的热爱使得他们非常渴望能够拥有自己的房屋。如果租住在其他人的房屋里，他们会觉得自己没有安全感和归属感。此外，中国人非常注重房屋的细节，当一个中国人打算购买房屋时，房屋的采光、湿度，以及各种各样的因素都会左右他的购房选择。同时，他们房屋中也有很多在他们眼里不可或缺的东西，把房屋填充得满满当当的。而在这一点上，日本人的做法则与中国人的做法大相径庭。他们不要求房屋有很大的面积，却习惯在自己狭小的房屋中留出很大的空间。如果你去参观一栋传统的日本房屋，你会发现其中除一层由蔺草制成的榻榻米和一个简易的衣橱外，没有任何东西。

中国、美国和日本是世界这棵大树上三片不同的叶子，从形状到纹理都迥然相异。可也正因如此，它们才有了属于自己独特的魅力，我们所能做的就是带着包容的心态，感受它们的魅力，并且尽自己的能力为自己的国家添一抹色彩。

译者序

西方人眼中的东方世界

刘 霞

　　自从和平与幸福的光芒驱散了天空中的乌云，我们一直都想要知道在过去的那些年里，在外国人眼中，中国人究竟是什么样子的？那些与我们素未谋面的先辈们是如何同异国来客交往的？他们在彼此心中究竟留下了什么样的印象？可是，很少有西方人将他们对中国以及中国人的印象详细而系统地记录下来，大多数人只是有选择地描述了自己感兴趣的那一方面。我本以为，我是不可能从外国人的描述中见到一个世纪之前的中国全貌了，但是，杜威的作品改变了我的看法。

　　杜威是一个积极参与实践活动的教育家，他之所以游览日本和中国，完全是为了了解日本和中国的风土人情。而他在中国和日本经历的一切，都给他留下了深刻的印象。出于这个原因，在结束自己的东方旅程之后，他将自己在中国和日本的所见所闻，都详细地记录了下来。在他的笔下，我们不仅能看到先辈们或勤劳耕作，或奋发求学，或醉心书法的身影，还能看到在新旧文化的冲击之下，同时兼具两种文化景观的风格各异的城市，以及这些城市中美丽动人的自然景观。不仅如此，我们还能对同属东方古国的日本有一个更加深刻的了解，通晓这个国家的传统文化、风土人情，以及这里的人们所奉行的处世之道。我们甚至还能从杜威的言谈中分析出美国人对中国和日本的看法，由此对美国人的思维方式有一个更为深入的了解。

这正是《美国人眼中的中国人和日本人》最具魅力之所在。我希望阅读此书的每一位读者，都能将此书当成一面镜子。凭借这面镜子里所呈现出的种种景象，对我们的家乡和日本，甚至美国都有一个更为确切的认识。

目　录

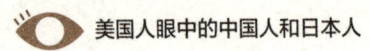

 **歌舞东瀛——人间烟火中的日本人**

 **了解日本——真实的日本是这样的**

中国人与工业化——近在咫尺的中国大陆

独一无二的东方气质——品味中国人的含蓄优雅

CHAPTER

张扬的东京

——嫁接在旧时代之上的现代东京

今日的东京宛如一场怪异的化装舞会，既盛大又邋遢，行走在泥泞街道上的行人大多都是奇装异服，数量之多让我有些分不清那些被扔掉的衣服究竟是运到了比利时还是日本。不过日本人的服装有他们自己的特殊之处，无论是样式还是用料，都如出一辙地古怪。走在大街上，就像是误入秀场，身着奇装异服的模特每时每刻都能让我捧腹，我差点儿想要爬到屋顶上向所有人大喊："来看看吧，这种秀可不多见！"

在此之前，日本在我脑海中一直是一道模糊不清的轮廓，我只能生硬地往轮廓里面填充我的想象。因为无法对照实物，所以也不知道这些想象究竟是对是错。踏上这片土地之后，我才真正驱散了这片迷雾，见到了真实的日本。东京的背景依旧是古旧的，但是内里已经长出了新芽，就像是春天的树木一般，正在努力散发出新生的气息。

泥泞上的化装舞会

我不知道这些人是费了多大劲，才从自己家中翻箱倒柜地找出这么多千奇百怪的布料，这些布料已经很旧了，无论是图案还是花色都很老气，也正是这些布料，拼凑成了人们身上穿着的一件件和服，组成了这场怪异的化装舞会。帽子也不是大家印象中的款式，你们绝对没有见过这样的帽子。

所谓的东京，对我来说就是过于泥泞的街道，给我的印象实在是太深刻了。

走在大街上，能看到许多的人力车。有两件事情让我十分困扰，一是完全不同的语言让我感到恐惧；二是拉着这些车的车夫们同样是人类，后者让我有些痛苦，这种痛苦之中还掺杂着恐惧，毕竟，我们同为人类。

车夫们的造型十分别致，有别于一般行人。为了方便奔跑，他们穿着十分紧绷的裤子，布料牢牢地贴在腿上，又用绑腿束起来，看起来很利落。车夫们脚上只包着一种用棉布做成的东西，既能当袜子，也能当鞋，穿梭在如此泥泞的东京大街上，这东西不可避免地总是会被打湿。没有生意时，车夫们站着或是坐在台阶上等待下一位客人的到来，如此度过他们的一天。车夫们仿佛脚下装着弹簧，明明是小个子，看起来也不强壮，但是奔跑起来的时候，实在是让人吃惊。我从前只坐过汽车，人力车别说坐了，见都很少见到。

今天早晨，一位古董店的店员向我深鞠一躬之后问道："您好，请问您是不是杜威先生？"这个人自称在报纸上见过我的照片，知道我到日本来的消息，因此过来推销自己店里的古董了。他想让我光顾他的古董店，还十分贴心地表示，也可以将古董都搬到我的房间去，不过我没有答应。我不希望那些古董被搬到我的房间里，因此我告诉他我常常在外面，将来如果有机会的话，我会去他的古董店看看的。这位古董店的店员又向我鞠了一躬，没有再说别的，只是希望我要是有时间的话，一定要去他店里看看，道过早安之后，便离开了。

接踵而来的一些活动让我已经找不到起初的兴奋，我开始有些厌倦了。

诚然，东京是日本的一座现代都市，但是这些街道仍然保留着老旧的样子，就像是他们穿的衣服一样，仿佛是历史遗留下来的产物。我在路上见到一个孩子背着一个婴儿，孩子穿着的和服颜色十分鲜亮，层层叠叠的和服上绣着精美的花样，最外面一层和服却是褐色格子的，这种花纹有些怪异。婴儿就待在最外面的那层和服里，一路上都是摇摇晃晃的，只露出了头皮部分，上面有着毛茸茸的黑色刘海。当然了，这个婴儿的鼻子从来没有被擦过，我甚至怀疑背着这个婴儿的孩子，在幼儿时期也从来没有擦过鼻子。

日本人对我的好奇和我对他们的好奇是一样的，走在大街上，一切都是新奇的。我看到这些从前很少见甚至从来没有见过的景象，实在是太兴奋了，这些真实的样貌比所有的戏剧都要有意思。

不过外国人在日本有一个最大的困扰，那就是语言不通。我们就像原始森林里的猴子，误入了人类社会，无法告诉司机我们的目的地是什么地方。大街上虽然有地名，但是我们都看不懂，除非是某些用英文写的地标。街道长短不一，蜿蜒曲折，能够通向任何一个地方。我们住的地方有许多外国人，一条护城河绕着城市的部分边缘。但我总是分不清方向，总认为每一次都是向着同一个方向而去。

东京的街道探索得差不多了，也该回酒店了，我们找了一个年轻人问路。

年轻人穿着一件阿尔斯特外套，肩上有条披肩，头上戴着一顶毡帽，我不知道这顶毡帽是什么款式，有点像爵士帽，不过爵士帽要比这顶毡帽长几英寸。我们要问的地方是帝国酒店，日语发音是："teikoku hoteru"。年轻人听到有人问路，便转过身来，又向我们复述了一遍："你们是要去帝国酒店对吧？"

我们十分肯定地点了头，于是年轻人告诉我们接下来该怎么走，他的英语有些蹩脚："沿着这条路往前走，有个很大的建筑，那里就是帝国酒店了。"

问过路之后，我们便接着往前走。这一路上都有人盯着我们的脚看。因为在泥泞的街道上走了太久，脚上的鞋子实在是太脏了。日本的商店跟我们家的卧室差不多大，还特意留出了一个空间穿脱鞋子，只有脱下鞋子才能进入屋里，屋里铺着席子。很遗憾的是，今天除了外文书店，任何其他的商店我们都无法进入，就算我们真的很想进去，也没有时间解开鞋带。购物之前我们没有考虑这些，穿的还是丝质长袜，应该准备一些方便穿脱的短袜子，这样也就不会一整天都一无所获了。

我们住的这家帝国酒店，价格跟第五大道上的酒店差不多，但是环境却是天壤之别，这里就像是破旧的谷仓。回到酒店之后，我们拿到了自己的晚饭——一点儿清汤，这一点倒是跟很多老派法式酒店一样，所有东西都是小心翼翼，严格按量分配好的。每次客人到大厅的时候，领班都会跳出来，到客人的面前鞠躬。除了鞠躬就没有别的了，就像是打开了玩偶盒子一样，领班每次的反应都是一样的。

这段时间我们有太多有趣的体验了，这些体验对我来说毫无疑问是前所未有的，因此也给我留下了很深刻的印象。不过也因为太多了，所以我很难把它们一一记录下来，只能挑一些出来说。

昨天早上我们出门散了步，下午有车接我们出去，对日本的印象也随着出行而渐渐加深，不再只停留于表面。我们去了大学和东京的上野公园，还参观了公园里日本将军的墓。从车里向外眺望，那些墓十分壮美。夜晚时分，伫立着的石灯笼静默地照亮着街道，这样的景象极为古怪，犹如身临地狱，否则怎样才能看到这种如满街幽灵一样的景象呢？

　　日本人总说自己对国家的历史不关心。但是不然，他们对自己的认知还不是很正确，和别的国家一样，起码那些受过教育的日本人是非常关心历史的，比如茶道。我的一个朋友告诉我，日本国民对于茶道的兴趣渐渐回来了，所以他会安排我们去一个地方，体验一下日本的茶道文化。虽然他没有说明是要去什么地方，但是我知道，等待我们的一定会是一场盛大的晚宴。这样的晚宴展示性很强，除了要让我们看到日本人的奢华以外，还会展示一些过去的日本风情。朋友告诉我们，有位日本亿万富翁，用16万日元买下了一个茶道专用的中国茶杯。16万日元大概是8万美元，能为一个茶杯豪掷上万美元，看来茶道确实是这位富翁的兴趣所在。这个价值16万日元的茶杯由黑瓷制成，配以色泽明亮的装饰。这位富翁家里还收藏了几套茶具，每一套都价值上百万美元。朋友说，他有一些很珍贵的、来自中国的茶叶，是将茶树枝嫁接到了柠檬树上长成的。听了朋友的描述，我真希望能有机会品尝一下这种茶叶的味道。

　　我们住的这家帝国酒店，是日本唯一的顶级酒店。让我觉得有意思的是，这家酒店的经理刚从国外回来，他在纽约的地标性酒店——沃尔多夫酒店和伦敦的酒店着重学习了一些接待客人的知识。现在帝国酒店只有60多间客房，又或者比这个数字再多一些。

　　在日本的这段时间，事情都比较顺利，从5月开始，我就要到处演讲去了。5月恰恰又是日本的旅游旺季，因为工作原因，我会非常繁忙，接下来的几周时间里应该也与各种各样的观光活动无缘了。这一点爱丽丝要比我幸运得多，她肯定有更多的时间去参加这些观光活动。其实冬天是最适合来日本的季节，因为日本的冬天并不是非常冷，远达不到我们以往能感受到的程度。

　　来之前，日本在我的脑海中一直是一个很模糊的印象，是不真实的，也是完全架空的。到了日本之后我才发现，这里是多么迷人，这种感觉很难用语言来描述，如果用实物来比喻的话，本质上就像是书或者画，不过真实的程度远超两者。只有亲身到了日本，我才感受到了真实的日本。

涩泽荣一——最敏锐的大脑和最柔软的心肠

今天无人作陪，我们第一次自行去购物。和国内一样，没什么特别的，我们在商店里面闲逛着。我们所在的这家商店是日本的一家大型百货商店，值得一提的是，这家商店非常在意客人的感受，商家给予的关切和我能够感受到的舒适度都比国内要强得多。还有一点我很希望国内的商家也能够做到。商家给了我们几个小袋子用来套鞋，这种小玩意儿让我觉得非常贴心。体验过了这种服务之后，我非常希望芝加哥也能有这个，大雨滂沱、道路泥泞的时候，如果能够套上这种小袋子，那该是多好的一件事啊！倘若芝加哥能够引进这种小袋子，我觉得那就是非常大的进步了。

近些天我们参加了许多社交活动，也受到了很多款待，因此今天下午我们选择休息一会儿。这些天的社交活动简直像是狂风暴雨般，我们能繁忙到什么程度呢？早上八点吃过早餐后，陆陆续续就有人来拜访我们了。紧接着，两位绅士开车接我们去了大学，拜访了校长。校长是旧派绅士，从他的言行来看，我猜想他是信奉儒家思想的那一类人。爱丽丝也一同去拜访了校长，比起我，还是爱丽丝的拜访让校长更开心一些。

之后我们去了那家大型百货商店。这家商店的客人很多，商品的质量也很好。因为商品价格是固定的，倘若有人发现其他地方有更低的价格，告诉这家商店之后就能拿到奖励。商品的价格和质量，决定了其受欢迎的程度，这家商店在这两方面都做得很好，所以来这里购物的人才会这么多。商店是一个很神奇的地方，对本国人来说，这是一个购物场所，能够满足日常生活需要，但是对于外国人来说，这个地方则是了解日本最好的渠道之一。来自日本各地的游客都会来这家商店。我们可以观察商店里的客人，在这一方小小的天地里，能够看到日本的缩影，也可以借助商店里售卖的商品来了解日本。

我们去的时候，正好有一些从乡下来的人也在这里。这些来自乡下，到城里观光的人被称为"红毛毯"，因为红毛毯是他们身上很显著的一个特点。冬天这些人不会穿上外套，而是披一张红毛毯，除了在白天能够充当外套，在晚上也能派上用场。

尽管现在才2月，但是商店已经开始出售女儿节的东西了。虽然要等到3月3日才能过上女儿节，但是这并不妨碍人们高涨的热情。商店里展示了女儿节的传统娃娃，这些娃娃是按照旧式风俗打扮的，里面的人物有天皇和皇后，也有仆人和宫廷女子，看起来很是有趣，颇有日本特色。我看得津津有味，这样装扮和使用的娃娃在我们国家是见不到的。

午饭是在商店解决的，尽管只是很简单的日式午饭，但是味道很好。下午两点，一位朋友带我们拜访了涩泽荣一子爵，这样出名的日本人我相信很少有外国人是不知道的。鲜为人知的是，涩泽荣一已经近80岁了，尽管如此年迈，但是他的皮肤还是像婴儿一样好。最令人敬佩的就是他敏锐的头脑，无论何时都能展现出其最精明能干的一面。现在很少有人知道，涩泽先生已经离开了商界，开始专注于慈善和人道主义活动，这在我看来是无法想象的，起码许多美国富豪不会做出这样的选择，而涩泽先生对这些活动投入的不只是金钱，也耗费了很多精力。

涩泽荣一对于这项事业有自己的理解，为了帮助我们了解他的目的，他花了至少一个半小时的时间来向我们解释。他没有崇拜宗教，他尊崇的是儒家思想，他所做的一切也是基于他的儒家思想观念，虽然这在很多人看来可能是不可理解的事情。涩泽先生告诉我们，儒家的许多规范虽然古老，但并不过时，仍旧能够适应现在的社会状况，他希望这一部分能够保存下来。对于现代的雇佣制度，他没有太大的意见，但是他认为如果雇主对待被雇佣者能够采取一种属于儒家的温和态度的话，便能有效地阻止阶级斗争了。

涩泽荣一的想法既保守又温和，这无疑会受到日本激进派的嘲讽。如果是在美国，涩泽荣一也一定会被嘲讽。不过我对此倒是有不一样的看法，全世界似乎只有一种社会进化论，那就是马克思主义的进化论，这是主流的，也是大众认为最有意义的。如果涩泽荣一能够创造出一种不同于马克思主义的进化论，那么他这些金钱和精力的投入便不是浪费。

战争不断爆发，接连带来的巨大财富与重大革新，使世界发生了天翻地覆的变化。在这一过程中，工人阶级不断壮大，这带来了改变，同时也引发了一些问题。不过在日本，雇佣双方的问题还不是很多。到目前为止，日本还没有批准成立工会制度，政府的态度比较模糊，虽然对工会的成立并不鼓励，但也不会禁止。

摩登外表下的旧时之心

有位朋友邀请我们去帝国剧场看戏，这幢建筑十分巨大，又异常精美，颇具欧式风格，连座位也是欧式的，不逊于任何一个国家的首都剧场。这是一种极具平衡感的精美，纽约很多剧场的装潢都过于繁复了。下午四点，帝国剧场开始有演出，一直持续到晚上十点，中间会留出半个小时的时间吃晚餐。一般日本剧场都是这样的时间安排，因为时间很紧凑，所以只能自己带饭。其他很多剧场是没有座位的，观众要跪坐在自己的腿上，这一点帝国剧场还是比较进步的，起码有欧式的座位。

其中最有趣的一出戏取材自古典戏剧，讲的是一匹忠贞的马，还有一些乡下的农民的故事，不过已经是几个世纪以前的故事了。最无趣的当属问题剧，虽然贴近现代，用词也是当下流行的，但是内容几乎都是格言警句或者让民众表达自我，抑或是探讨艺术家的权利，这种内容无疑是不会受到普通日本民众喜欢的。如果观众换成巴黎的知识分子，或许这样的戏剧就不会被厌烦了。戏剧表演最有魅力的地方在于其中的道德与情感，这种东西往往是更深层次的。可惜美国的观众更在意流于艺术层面上的东西，比如高超的艺术表演技巧，又或者是戏剧性的故事发展，很难注意到道德或情感。

剧场里很少有旧式的历史剧。历史剧虽然老旧，但是比现代剧要好看多了，它更有戏剧性，让观众在观看过程中更加激动。很多日本人也表示，这种半欧式剧场里的演员，远远比不上那些旧式剧场里的演员。我想半欧式剧场很有可能是受到了政府的支持，所以现在还能有表演，不然按照日本人的喜好，这样的剧场应该早就被淘汰了。

帝国剧场中的票价是按座位所在区域决定的，靠近舞台的座位是1.5美元，这样的座位在一整天都有演出的剧场里价格要更高一些。这里没有给演员鼓掌、喝彩的习惯，只在落幕的时候有一两次拍手，并且都是很轻的。日本剧场的换幕方式通常是旋转舞台，它工作起来的时候，就像是一座铁轨转盘，剧场落幕，这一天也就过去了。

我们原本想邀请两位绅士用晚餐，去询问朋友的意见时，朋友告诉我们，在日本如果要邀请某个人，需要提前打电话通知，客人会在第二天来拜访。反之也是一样，要拜访某个人也要提前打电话。这是日本一种很好的礼节，给主客都留了一段缓冲的时间，这样也好有所准备，不至于太过匆忙混乱。我们这样做了，很可惜的是，两位绅士来不了，所以急忙在今天来电话告知我们无法前往，这实在是很遗憾的事情。

与前些天相比，今天要平静许多，只有两位美国客人和两位日本客人前来拜访。两位日本客人，一位在东京女子大学当校监，另一位则是这所大学的老师。这位老师是个年轻的女孩，家庭富裕，身份尊贵。不过依我看来，这个女孩实在是过于摩登，这似乎与她高贵的家庭并不相称，毕竟日本人大部分还是较为保守的，尤其是一些身份尊贵的世家。

在日本，我感触最多的就是日本人的礼貌。我和我的家人们将来遇到日本人的时候，一定会向他鞠一躬，并且询问一下有什么事情能够帮助到他，不然我不知道该怎样回报这些天来我在日本获得的善意和礼貌的对待，或许余生我都会记住这段日子。

纸面上的叙述远远逊色于真实感受，要是能够亲自到日本来，一定比阅读这些记录要有意思多了。但是对于我而言，这些记录除了是向亲朋好友们展示之外，还是我的一份总结和珍贵的记忆。当我老去，当我像奥德修斯一样结束旅程返回家乡，因剩下的时间漫长而无聊，想要追忆往昔的时候，这些记录带给我的温暖，应该是别的东西比不上的。所以，即便我知道这些记录无法复述那种无与伦比的真实感，我仍然选择记录下来。在享受着家乡带给我的温馨与喜悦的同时，看着这些记录，我会觉得又回到了那个奇异的国度，那个让我感觉到处都是魔法的国度。

如果不是亲自到日本来，我不会知道这儿的人们有多快乐，只有亲自踏上这片土地，才能感受到这种奇妙的氛围。这是一个古老的国家，佛教和宿命论根植在每一个人的心中，但并不意味着这种信仰是束缚，更多的是一种快乐，整个国家在这种良好的氛围中蓬勃地发展着。从前我认为日本是一个全新的国家，它为了紧跟世界潮流，做出了许多改变，不过骨子里它还是一个保守又传统的国家。有人说，要看古迹，就必须去一趟中国或者印度，但是来到日本之后，这样的话我不再相信了。

许多国家都有着悠久的历史，更新是一个过程，但并不意味着过去的旧时代死去了，新世界和旧世界并不总是对立的，很多时候，它们都是紧紧地贴在一起。

欢声笑语能够消融语言之壁

　　抵达日本后，我们在帝国酒店住了一周，之后去了东京女子大学的公馆就住，我的老朋友在这里担任校长。这有一座美丽的庭园，庭园里，树上的嫩芽正在努力地膨胀着。不远处还有李子树、山茶树，算算时间，应该也要开花了。向远处眺望，能够看见富士山，景色十分优美。这里还有个小山冈，山冈脚下有一条水道，沿岸种满了樱桃树。可惜的是，这样美丽的景色毁于几年前的一场风暴。自然赠予的美景，到最后也理所当然地由自然收回了。

　　我们的住所很漂亮，整墙都是玻璃窗，很轻易地就能看到窗外的美景。阳光透过玻璃窗落到地上，带来彩虹一样的色彩。此刻我坐在书房中，享受着从玻璃窗透进来的阳光，暖洋洋的，驱散了早春的最后一点寒意。虽然房里提供了取暖工具，比如炭盆，还有放有木炭的盒子，这些工具可以暖脚，也能烘干头发，不过这远远不够，我还是很需要阳光的，自然的温暖有时候能够带给人更大的满足。现在的我就是一边沐浴着阳光，一边暖脚、烘头发，十分惬意。书房里的书种类非常丰富，关于日本的书籍都是现代知识的产物，数量之多让我总也看不完，所以只能是一刻不停地阅读。

　　这里的房子非常多，山顶都被盖满了，每间房子之间有回廊相通。回廊尽头的房子是X先生的，他的书非常多，所以书房占用了许多空间。这间书房还有别的用处，就是可以充当茶室，在里面进行茶道活动。之前我提到过一位花费上百万美元购买茶具的富翁，不要误会，这次的茶道活动他并没有来，来的是一个新晋的暴发户。很显然，这个暴发户和那位富翁的价值观念相悖，他觉得这件事很好笑。茶室里有几样物件吸引了我大部分的注意力，有一张上了金漆的桌子，金光灿灿，犹如一块被凝固住的阳光，散发着动人的光彩，还有几件这个家族代代相传的旧茶具，放到现在应该也算是无价之宝了。

　　我们吃早餐的时候还是很有意思的，如果你在那个时候看见我们，一定会被我们逗笑的。我们在洒满阳光的客厅里吃早餐，有两张方便移动的小桌子供我们使用，无论是菜肴还是服务都是按照我们的喜好来的，旧式的广东菜和一些日式食物也做得很合我们的胃口。指派给我们的早餐女仆名叫O-Tei，她给我们烤了吐司，她将吐司用两根细长的铁签穿着，然后用火盆里的烧炭烘烤吐司。我们也没闲着，互相向对方学习语言，她教我们日语，我们则教她英语，虽然我们说的那些英语她都已经会了，但是每次听到时，她还是会咯咯地笑，看起来很开心。吐司烤好了，O-Tei就退下了。靠墙的桌子上有咖啡壶，但是没有杯子，担心破坏这里的礼节，我们小心翼翼地找了一会儿，最终也没有找到，最后发现是O-Tei忘了给我们拿杯子了。不过还好，她想起了杯子这件事，等O-Tei把杯子拿来，我们便开始享用咖啡。她笑着用铁签叉着热乎乎的吐司给我们，还说了一些话，声音听起来很是柔和，我以前从来没有听过这样的声音。我跟她说，即使吐司掉在地上也没有关系，因为地上实在是太干净了。听到这样的话，她显然很开心，又咯咯地笑了起来。

　　早餐时发生的一切对我而言就像是一出极为可爱的戏，那些关于效率、时间和节省人力的理念没有打扰到我，我更不会因此而被扫了兴致。之后有两位女仆帮我们整理房间，主要是整理床铺，以及清扫地板。她们两个人一个将沙发挪开，另一个用扫帚打扫这一片地板。让我觉得很有意思的是，她们总是笑，好像有意思的事情一直徘徊在她们的脑海中。见到我们的时候，她们便鞠躬，态度很亲切，仿佛是在对待她们最亲近的朋友。

　　女管家随后进来了，她的礼仪十分到位，对着我们鞠了很多躬，可能是因为英语并不是非常流利，所以她用非常慢的语速对我说，她可以陪着我一起去城里逛逛，顺便给我解释一下我不清楚的地方，而我也能在这段路程中教她英语，好让她下次说话的语速能快一些。我询问她是否愿意跟我一起去教堂，女管家说她不是一名基督徒。这是一件很有意思的事情，女管家是X先生的秘书，她本人又是一个新建的基督大学的学生，而凑巧的是，X先生是这所大学的校长，但她却并没有要信仰基督教的意愿。

　　女管家进来的时候，我们还在用早餐，她便站在一旁，跟我们一遍遍地重复英语，其实她懂的英语很多，但是大部分都太"文绉绉"的了，因此要是想要使她的口语变得更日常化，还需要一些努力。这也是一件很有趣的事情，我很希望能够帮助她，我做得最多的事情就是让她多开口，不要总是使用日本女人爱用的那种礼貌的呢喃。

孩童之思——不被拘束的天真无邪

一天，我们去参观了东京女子大学，大学离我们住的地方很近，走一会儿就能到。校长成濑先生身患癌症，将不久于人世。我们去探望他的时候，他躺在床上，但还能够说话。不久之前，他已经做了演讲，与自己的学生告别，也与自己的同僚们说了再见，又将系主任选为自己的继任者。虽然系主任现在正在担任他的职务，但这是必不可少的安排。所有的身后事他都做好了安排，也与自己不舍的人道别了，对于这个世界，他已经做好了离开的准备。

这所女子大学教授的是插花、剑道还有日本礼节，校监是一位非常优秀的女性。校监告诉我们，要是想去参观的话，随时都可以去，在这所大学里，可以看到很多不一样的东西。

下午，我们又迎来了几位客人，其中有两位女性，女性访客比较不常见。其中一位是R医生，她是一名整骨医生，是东道主的好朋友，已经在这儿工作了十五年的时间；另一位则是T女士，她刚从美国回来，她在那里待了七年，最近才回来。但是我已经久仰大名了，在斯坦福大学的时候，我听说了很多关于她的事情。T女士在这所大学里担任社会学的教师，由于主事者认为现在还不到时候，她还没有开始讲社会学，只是先从教授英文开始，在教学过程中穿插一些关于社会学的知识，以此潜移默化地让学生们对社会学感兴趣。

T女士告诉我，因为我是远道而来的客人，认识的朋友不多，在异乡可能会有些寂寞，她可以带我和我的朋友一起去剧场。但是不久前我们刚去过帝国剧场，而且昨天还在子爵订的包间里看了戏，所以最后改成去看歌舞伎表演。对此我是非常渴望，迫不及待地想要去看真正属于日本的表演。这场表演从上午十一点一直演到了晚上十点，通过这漫长的表演，我终于了解了歌舞伎。

　　昨天我们去看的戏是在日本的旧式剧场，对于帝国剧场，我始终提不起兴趣，所以我们昨天又去了一次剧场。这次是从下午一点表演到九点，日本的旧式剧场有别于那些较为现代化的剧场，我更喜欢这样的剧场。这种旧式的剧场很简单，跟中世纪的欧洲剧场差不多，但是在服饰和舞台上却投入了很多的精力。演员身上的服饰十分精美，看得出来花费高昂；舞台则十分壮观，上面站着四十个武士，穿着日本传统服饰，这些都是货真价实的武士服饰，看上去沉稳大气，没有廉价的闪光感。涩泽子爵给我们订了一个包间，还给他的侄女和另一个亲戚订了包间。包间里一直都有茶水供应，一幕戏之后，会提供一些小吃，中间还有一场非常正式的晚餐。对于像我这样的外国人来说，想要了解日本的历史和传统，最好的方法就是来日本旧式剧场里看戏了。当然了，要是实在不懂当地的语言，还是要找一个能为你讲解的人，这样才能更好地了解日本这个国家。

　　除了昨天在旧式剧场里看戏，这一周最大的事情就是访问女子大学了，对我们来说，最重要的不是受到了什么盛大款待，而是在女子大学里我们看到了很多不一样的东西，那是非常有趣的。

　　上午我们参观的是女子大学的附属小学和幼儿园，孩子们身上穿的和服都非常漂亮，色彩亮丽，剪裁合身。进到房间里，就像进了花园，孩子们身上的色彩就像是花园中的花朵一般。孩子们活泼可爱，就像是一只只身披彩羽的小鸟，屋里的气氛非常欢快。我们欣赏了孩子们的作品，童真的世界总是充满奇思妙想，这些作品都很有意思。尤其是一些用彩色蜡笔画的作品。

　　这些孩子都非常自由，没有烦恼，也不用为了生活发愁，所以他们的作品看起来都是充满创意而又生动有趣的。孩子们的想法无拘无束又独具个性，对于这么小的孩子来说，是难能可贵的。我从来没有看过这么多有趣的孩童作品，这种多样性让我觉得很惊奇，美国的孩子们在绘画质量上是远远比不上这些孩子的。

　　在这所学校里，孩子们要学习的东西很多。除了像常规的学校那样学习手工和绘画之外，他们还必须在六年级学会一千个汉字，而且标准十分严格，要能写会读，我能想象这些孩子该是多么努力才能做到这一点。除此之外，日本的假名也是必不可少的学习项目，都要进行相关的学习和训练。

　　参观结束后，我们便去享用午餐了。一共有十个人参加，这次是女子大学家政学部的女孩们为我们服务的，午餐非常棒，女孩们的手艺都很优秀。或许是为了迁就我们，无论是食物还是服务，都是欧式风格的，配菜相当出色，堪比知名的伦敦丽兹酒店。

无时无刻不在展露优雅的日本

午餐之后，才是重头戏，我们期待的真正的表演就要开始了。

首先展示的是插花，分别是旧式和现代的，其次是礼节展示，主要内容是古时上茶和点心时候的相关礼节，之后是晚辈对长辈的称呼方式等。接下来要欣赏筝的演奏，这是一种十三弦乐器，演奏的时候放在地上。一开始是两位女孩为我们表演，之后是她们的老师，老师是个盲人，却是日本最优秀的筝演奏家之一，他演奏的曲目是《唐砧》。我们这次真的很有耳福，据说这位老师很少演奏这首曲子，一年也就一次。

演奏开始了，你能听见音符像是水面溅起的涟漪一般，从空中掉落，又击打在石头上，又有女子的歌声应和着，轻纱一般柔软朦胧。在美国的曲子里，我感受不到这么多，也许我的耳朵天生是适合日本音乐的，在这首曲子里，我仿佛感受到了春天，如此美妙。

演奏结束之后，我们到茶室品茶，观赏了一番日本茶道。与爱丽丝相比，我的坐姿显得粗鲁许多。我随意拿了把椅子就坐下了，爱丽丝则像日本人一样，用脚后跟支撑着身体，优雅地跪坐在榻榻米上。然后我们去体育馆观赏了日本的古武术，以及武术世家女儿的剑和枪的表演。这里的老师是一位75岁的老妇人，尽管年事已高，但是她的身体依旧像猫一样，柔软又敏捷，身姿比任何少女都要优雅。来日本这段时间，我对日本古时的礼节和一些仪式都充满了敬畏感。这是日本一种关于身体的文化，是很独特的，既传统又神秘。要想做好每一个动作，就必须全神贯注，精神无法集中的话，是不可能做好的。参观了体育馆之后，我发觉，与我看到的武术表演相比，孩子们进行的现代体育锻炼实在是太简单了。

我们又去参观了宿舍，这像是一个花园，简易的日式木屋很像我们印象中的谷仓，屋内非常干净，干净到可以在地板上吃东西。屋子的南面都是玻璃窗，阳光照射进来，整间屋子都暖洋洋的。屋子里的摆设非常简单，并没有床和椅子之类的东西，只有一张大约长半米的桌子，女孩们都坐在地上，趴在这张桌子上学习。参观完宿舍之后，便又回到食堂进晚餐了。这次提供的食物是一顿日式佛教斋饭，非常精美，里面大都是蔬菜，一个盘子里有很多种，每样都可以品尝一点儿。除了蔬菜之外，还有一些点心，有五六种，每一种都制作得非常用心，精美无比。

在这个国家，礼节是一种必备的东西，以至于我在这里待了一段时间后，也耳濡目染学了一些。等到我回国的时候，我的朋友或许会非常惊讶，因为我现在变得非常礼貌，这都要归功于我见到的日本人。又或者回到我的祖国之后，会觉得很愤怒，因为周围没有一个人可以称得上是有礼貌的。无论是前一种情况还是后一种情况，我的朋友大概都会觉得不认识我了。

我们乘X先生的车回到住所大厅时，五位女仆都出来迎接了，她们向我们鞠躬，并微笑着把拖鞋递给我们，又将我们的大衣和帽子挂好。我一直都觉得很惊奇，她们在进进出出为我们服务的时候，脸上始终带着笑意，仿佛不是去工作，而是去野餐一样开心。观察了这么多天，我认为，这些女仆在工作的时候一定是在享受这段时光，她们并不认为这段时光是辛苦的，她们脸上的微笑都是真实的。不过我也考虑过，如果这样的笑容是假装出来敷衍我们的，那我也真的被愚弄了。

　　我实在是太忙了，每一天都安排得非常紧凑，根本没有时间细想一些哲学上的问题。或者等到我去中国的时候，关于日本的哲学思考就会冒出来了，这需要一些时间，至少现在我想不出太多的东西。内务大臣给了我一张日本铁路一等座的月票，并且是可以进行更新的。这东西对我们来说真的很有用，所以我希望他也能送一张给爱丽丝，但是内务大臣拒绝了，他很抱歉地对我说，这样的特权是不能用在女人身上的。就这样，我成了唯一的受惠者，但是到目前为止，我还没有机会用一下这张月票。要是有机会的话，我一定去用一下，去感受一下日本的铁路。

　　这段时间我们除了街景，很少有机会能看看别的风景，就算是出门跑步锻炼身体，也有人陪着我们，他们经常带我们去新的地方。昨晚，我们在晚饭后出去散步，去了附近一条很热闹的街道。关于日本的样子，这种热闹的街道或许诠释得最彻底。整条街道都很拥挤，卖书的小贩把自己的货物都摆了出来，大部分在人行道上，还有一部分都已经摆到了街道上；无论是商店还是大街，都挤满了人；艺伎小步的快速经过，向前跑去，而她们的女仆则拿着三弦琴紧跟在后面。我们走在这样热闹的街道上，对什么都感兴趣。之后我们去了一家电影院，美国的电影情节较为简单，节奏也快，日本的电影在节奏上则比较慢，但是情节的复杂程度是远远胜过美国的。电影幕布旁边有一个小隔间，里面有一男一女在为电影配音，演员动一下嘴唇，配音者便马上说一遍台词，这对我们来说是很好的学习机会，能够跟着配音者练习口语。不过对于外国人来说，即使有剧情简介，我们也没能看懂电影的内容，这对我们来说只是一场单纯的娱乐活动罢了。

　　我们还去了一家餐馆，这是一家面店——他们对于饮食的分类很细致，吃东西的地方都是专门的。我们品尝了三种面，一种是荞麦面配上炸虾，一种汤里有麦子，还有一种是凉面，配菜是海藻。我们只有两个人，这么多面对我们来说还是过于丰盛了，价格也非常实惠，总共只花了27美分。

这家面店给我留下了很不错的印象，虽然只是很小的一家店，但是收拾得很干净，这一点比美国大部分餐馆都好，我甚至觉得，美国那些最好的餐馆在干净程度上都比不过这家面店。

我常常会去一家寺庙散步，这儿的人显然更加有趣。在日本的寺庙，我感受到了一种很熟悉的虔诚感，在意大利的时候我也曾感受过，和那儿的乡间天主教徒有一些相似之处，不过这里的人显然更天真一些。看看寺庙里的东西就知道了——在儿童神的神龛里能够见到一些玩偶、纸做的风车以及毛制的小狗，旁边则是供奉给神的草制的拖鞋和凉鞋。有些时候，母亲会将自己的头发剪下来，挂在这里以做供奉。这儿有很多故事，有的让人发笑，有的则让人觉得怜惜。有些人会把自己的愿望写在纸张上，然后团成一团儿，贴到神像上。正因为大家热衷于在神像上贴纸团儿，现在都用铁丝网把神像给保护起来了。

来到这里也有一段时间了，我对路线慢慢熟悉起来。街道之所以有趣，在于人们可以自由来去，看到许多有意思的事情，知道这些事是如何发生的，又是怎样结束的。对我来说最有趣的一件事是关于一个捕鸟人的，他带着一根很长的竿子，上面抹了石灰，这竿子的形状很像钓鱼竿，不同的是这是拿来捕鸟的，配套的工具还有一个篮子，上面有能让鸟进入的阀门。除此之外，他还准备了一些别的物件，对待捕鸟这件事情可谓费尽心思。尽管他做了如此多的准备，但他还是没有抓到一只鸟。

藏在娃娃身体里的日本影子

　　今天我们起了个大早，要赶到镰仓去。镰仓是座古城，有许多历史遗迹，也是"镰仓幕府"的政治中心，就在横滨的那一边儿。这儿最出名的就是镰仓大佛，非常具有代表性，佛像约有15米高，蔚为壮观。有位朋友安排我们跟一位住持对谈，这位住持在日本很出名，也非常有智慧，在佛教流派中，他应当是属于禅宗，这个流派是最富哲学性的。禅宗带有一些禁欲主义色彩，崇尚简单生活，这一流派的佛教思想在过去有很巨大的影响，尤其是对武士阶层。昨天，我为一个教师协会做了演讲。这个协会中约有500人，大部分是小学教师，女性数量很少，大概只有25位。协会中主要是以日本人为主，还有一部分美国人。这次的演讲对我来说没有什么新奇的地方，但是我注意到了一点，这个地方据说是东京唯一男女可以进行自由交流的地方，这里的社交方式是平等的，没有阻碍的，平时他们的会面可做不到这种程度。

　　主席先生告诉我们，当日本人抱着社交目的与他人进行交流的时候，那么就一定会拘谨地用日语沟通，而且通常还伴随着缄默不语的情况。至少在大家手持酒杯到处走动之前，情况一定是如此。为了让自己更好地融入这个环境，很多人都会用英语来沟通，能让他们找回在美国养成的感觉和习惯，不再那么拘谨。语言与心理学的关系还真是微妙，这次的演讲对我来说也是一次心理学的观察，非常有趣。

看到这里或许有些人会对日本感到惊讶，因为这个国家到现在还是不擅长装模作样，或许更深层次的东西我们还没有接触到，但是就目前我们的所见所闻，我认为是如此。日本举国上下都在讨论民主，这里有一种概念叫作社会民主，对此我们还不熟悉。民众对于民主的理解就是政府实行代议制，他们并不想打破现在的政府固有形式。投票权也是民众相当关心的一个问题，是否要推广这个权利是当下争议最大的。选举制却是停滞不前，没有显著的进步，如果非要列举的话，纳税大户的加入是一个改变，但这样的人在何处都能发挥作用，无论是什么样的体制，他们都是政策得以形成的一部分力量。对于那些即将上任的立法者来说，当下的转折点主要是由两个问题组成的，一个是上文中提到的选举制是否应该推广，另一个就是大众的特殊教育该如何推广。

战争造就财富，在战争期间，日本已经涌出许多百万富翁。这些富翁对教育问题也很关心，他们中一部分人已经开始创办新的学校，教授各种知识，满足人们在不同职业上的需求。国家选出了440名学生留学国外，国家十分慷慨，给出的资助能够让这些留学生在国外生活得很好。不过我仍要说明一点，这些政策与日本女性是无缘的，任何拨款资助的都是男性，从来没有提到过女性，甚至从不提及女性的需求。

女儿节已经准备了很长一段时间，我们终于在昨天迎来了女儿节。为了迎合节日气氛，早上我找出了一个娃娃准备送给一个小女孩。这个娃娃从外表上看完全就是美式的，我给它做了一件衣服，但是手艺并不好，娃娃看起来很是可怜，不过至少看上去有些日本贵族的样子了。要是我能多找一些布料出来，就能给这个娃娃好好打扮一番了。

我被邀请参加了女儿节的展览。有一些娃娃是家里传下来的，距今已有两百年，看得出来这些娃娃很受重视。关于这个节日可写的东西有很多，我得先找一些相关的文献记载，要是真写起来篇幅一定很长，需要好好整理一番。

　　在观赏过程中，我对日本的娃娃产生了强烈的兴趣。与美国娃娃不同，日本娃娃并不是僵死的，而是一件精美的工艺品，人们对这种工艺品产生兴趣就不足为奇了。这些娃娃的意义并不仅限于观赏，它们还是国民生活的缩影，能在女儿节收到一个属于自己的娃娃，对于日本的小女孩来说，是非常开心的一件事。如果我早早就了解到这件事，也就不会因为该送什么礼物而苦恼了。

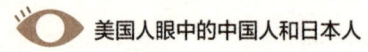

百花怒放的日式花园

　　我们受邀去了一个藏品展，这个展览称得上是全国最优秀的展览之一。如果忽略掉刚开始那段不愉快的记忆，整个过程是一次很棒的体验，因为我们这次走丢了，从酒店出发的时候，我们就已经晚了45分钟。藏品的历史十分久远，这些娃娃曾经的主人是某位大名的女儿，虽然已经过去了很长时间，但是这些娃娃依旧十分精美。展出的不仅是这些娃娃，还有家用的旧式器物，那些漆器、瓷器还有玻璃做成的器物异常精美，带给我们的惊艳不逊于那些古老的娃娃。

　　我们作为客人，与主人一起坐在地上，女主人很是热情，她和她的仆人为我们提供了一整套的服务。小点心很精致，装在小碟子里端上来，放在桌子上。我们喝了一些清酒，清酒是用米酿造的，装在造型精美的瓶子里。饮酒用的杯子是小小的玻璃杯，清酒的滋味很是美妙，它的芬芳犹如蜂蜜。我们举杯敬祝主人，愿他们身体健康。吃了一些小点心后，我们去了房子外面的花园，开始享用正式的点心，有各式各样精致的点心供我们选择，仆人端来了茶水，茶具上有梅花，正好是梅花初绽的季节，茶具上的点缀倒是也很应景。这里的房子造型很奇特，是仿造维多利亚时代中期的建筑风格，虽然很难看，但是适宜居住，在这里生活还是很舒服的。

　　男爵又让人端来几种糕点，希望我们能品尝一下，这些糕点都是特制的，非常具有日本特色。有一种糕点是粉色的，被做成叶子的形状，外面则用去年保存下来的樱树叶子包裹着，樱树的叶子给糕点增添了香气，同时也方便食客取食，不会出现糕点粘在手上的尴尬情况。还有一种是用签子串联起来的糕点，是棕色的，看起来很像巧克力，一共有三卷，相互粘连。所有的糕点都是豆沙馅的，用的是上乘的面粉，都很有营养。这些糕点已经相当于一顿饭了，让我们吃得很饱。

我们向男爵一家告别时，男爵非常客气，带着他妹妹以及三个可爱的女儿送我们到门口。汽车驶离男爵家时，我看到男管家以及三位年轻女孩向我们鞠躬，十分温柔地向我们道别。

年轻女孩身上穿的是羊毛制成的和服，和服的艳丽色彩和恰到好处的剪裁设计很符合我之前对日本的想象。恍惚间，我看到那些色彩亮丽的和服就像是一座旧式花园，里面栽种着许多绿植，花园里百花竞相开放。老实说，我很难用语言去描述这座花园。在没有踏上日本这片土地之前我会很好奇地猜测，但是到了这里之后，我才发现，这里的花园没有什么稀奇的，与现实中的其他花园如出一辙。花园的面积很大，草地上薄薄地铺着一层松针，有些地方的草已然变黄，尽头则是拧成弧形的一捆稻草，形状很是优雅。我最惊奇的就是这里对巨石的利用，布满历史风霜的巨石显得有些苍老，上面还有灰色或者灰绿相间的阴影。有时出现在一丛灌木旁，只是静静立着，就有一种肃穆之美。这是一种很难寻到的古典之美，也许前人已经追寻了几个世纪，耗费了许多原始材料，它们才能够恒久地伫立在这里。

晚餐是在M教授家里享用的，M教授家里有六个孩子，最大的已经25岁，是个男孩，从帝国大学毕业之后，到政府里当了一名工厂巡视员。这个孩子很优秀，精通八门语言，其中还有世界语，学习语言是他的爱好。还有两位法国教授也在M教授家里做客，这两位都是聪明风趣的人，他们到这儿来的任务就是聊天。

晚餐让我印象深刻，每一个餐盘都配有一张卡片，用作介绍菜品，我觉得这些卡片可能是留给外国人当纪念品的。不过我忘记拿走属于我的那张卡片了，所以一切也只是想象了。晚餐从汤、两种面包还有黄油开始，接下来是鱼肉馅饼、蔬菜吐司、去骨小鸟以及配了通心粉的干酪蛋糕。这种通心粉有别于美国的，是日式的通心粉。接下来我们享用了烤牛肉片，肉片很嫩，配上马铃薯球、豌豆还有肉汤。饮品是橘子汁，喝完之后还有红酒。餐后甜点是布丁、蛋糕和草莓，草莓是与奶油一起端上来的，之后还有美味的西式咖啡。这里我想说说草莓，它生长在户外，种在一排排被人工加热过的石头中间，被照顾得很好，四周有竹架子，那些藤蔓便无法爬到石头上，我不知道这是怎么做到的。

享用过晚餐之后，我们到了楼上的房间，这里的空间很大，有别于会客室，这里是纯日式的风格。有些人坐在了炭火盆旁，有些人则坐在了壁炉旁，几个孩子也跟着过来了，大家聊得很愉快。值得一提的是今天的坐姿，日本人很喜欢看外国人用他们的方式就座，这是他们的一大乐趣。我能够坐下来，尽管样子看起来可能有些笨拙，但是坐下来之后，我就无法弯腰了，以这种姿势就座，我的行为受到了很多限制。星期天我们与全日本最出名的佛教住持对谈时，曾经这样坐了两个小时。你可以试一试，保持这种姿势坐个几分钟，就只是坐在软垫子上，什么都不用做，你就能知道我们的感受了。我们无法挪动身子，脚也在这一过程中失去了知觉，能稳稳地站起来对我们来说是一种挑战。

两个小女孩和一个小男孩在餐后出现了，他们很可爱的向我们鞠了一躬，便跑去玩游戏了。这一整晚，他们都在小桌子旁边玩一种叫作"Go"的游戏，大人们则一直在聊天，餐后依旧有源源不断的点心和饮品被端上来。日本人家里藏酒丰富，虽然在顶级酒上他们未必比得过我们，但有一点我觉得非常好，那就是日本人除了酒之外，还会准备很多没有酒精的饮品，这让人倍感愉快。除此之外，我们还喝了两瓶葡萄酒，快到十一点的时候，才尽兴离开。

2
CHAPTER

日本古都
——沧桑寂静中的日本人

　　朋友带我们去了镰仓，这并不是我们第一次去镰仓了。这儿曾经是日本的政治中心，大约700年前，日本的第一位幕府将军在此定居，不过700年过去了，镰仓什么都没能剩下，只有一些佛寺还孤独地伫立着，无言地守护着这里。

　　对于外国人来说，日本的很多地方都值得观看，还有在这片土地长大的人，也应当好好观察。日本人的文明和礼貌超出我的想象，以至于刚开始的时候，我有些不习惯，但现在我已经被他们潜移默化地影响了，等重新回到美国的时候，朋友一定会大吃一惊的。

法则不再是一成不变

在开往镰仓的火车上，我们遇见了一位教授，他在大学里研究日本文学，此次前往镰仓是因为一位将军逝世700周年的纪念日要到了，这位教授要举办一场专门解说这位将军所做和歌内容的讲座。这位将军是一位著名的和歌作家，所以这位将军的纪念日又多了几分文学色彩，许多专门研究文学的人会赶到这儿来纪念他。我们还遇到了几百个学生和老师，趁着周末的时间，到镰仓来感受历史，参观古迹。镰仓最大的一座寺庙供奉着战争之神，这座寺庙同时也是博物馆，里面珍藏着古代的剑和面具。我们去拜访了日本禅宗的领袖人物——释宗演。释宗演禅师的演讲非常有意思，时间不长，大概是两个小时，他回答了一些关于佛教的问题，其中重点解释了一些关于佛教内部多样性的问题。

演讲结束之后，我们跟随引路人到了一间日式房间，房间的摆设十分讲究，装饰得很精美，壁橱里存放着很可爱的字画卷轴，一张金属制成的五条腿的小桌子，上面镶嵌着珍珠母，看起来很精致。天花板上的装饰格外华丽，工匠用蓝色和金色描绘出菊纹，线条全部连在一起，整体十分精巧。在等待了五分钟后，释宗演禅师身着一袭铜色长袍，自一扇纱门后出现，虽然着装称得上华丽，但是衣料上的花饰十分简单。在讲述谈话内容之前，我想顺便说一件事，日本人习惯席地而坐，所以仆人在服务的时候，必须跪下来才能将东西递过去，通常我们会觉得这样的姿态过于卑微，但是在日本，我却觉得他们的鞠躬和下跪都是很自然的动作，丝毫没有卑躬屈膝的感觉。

我见过一些印度的梵学家，他们通常都是不近人情的，似乎已然超脱世外，而不愿沾染世间的繁文缛节。僧人在我的印象中是非常在意举止的，但是释宗演禅师却十分热情，给我的感觉更像是一个学者，这一点与普通的僧人差距甚大。无论是我们到来还是离开，禅师的态度都无可挑剔，他很感谢我们能到这里来，同时也觉得十分满足，因为又结交了一些朋友。

对我们来说，此次的交谈很有价值，禅师的很多想法都让我想起了罗伊斯，谈话内容大多是关于道德的，带有一种形而上学的意味，有些时候让人难以理解。不过通过这次的交流，我才真正触及了禅师思想的一部分，百闻不如一见，释宗演不愧是日本佛学中最具代表性的人物，他的博学也值得这样的评价。禅师与罗伊斯之间，我认为前者更加现代，谈到上帝时，禅师说在人们心中，上帝只是一个道德理念，而且不是一成不变的，心中神圣的法则也会随着人们的成长而成长。

之前粗略提过一次镰仓大佛，这是很壮观的佛像，约有15米高，是日本最著名的事物之一了。如果不是亲眼所见，很难想象它给人的震撼有多大。所以要是有机会的话，还是亲自来日本看一看这尊大佛吧，就像是西方的大教堂一样，它同样能在观赏者的心中留下深刻印象。

我们参加了一场晚宴派对，负责招待我们的主人非常优秀，是一位全才，虽然满屋子都是同龄人，但是他的地位不可小觑。

同一桌的客人超过了20个，两位内阁成员也出现在了这场派对中。这些客人都非常礼貌，无论是举杯共饮还是上台发表致辞，他们都会顺祝我们身体健康。

伯爵夫人虽然养育了八个孩子，但是外表上看起来就像是30岁一般，还是十分优雅美丽。晚宴前后，有三四个女孩出现了，她们看起来落落大方，就和日本新时代的女孩们一样。在日本的这段时间，我对日本人感触最深的就是他们无时无刻不在注意自己的礼节。日本的传统就是锤炼自己的品行，就连孩子也不例外。即使是最活泼顽皮的孩子，也会非常注意礼节。无论其他国家的人对日本有什么看法，有一点是不容置疑的——日本是世界上最讲文明的国家，甚至某些时候，我觉得日本过分文明了。我觉得很好奇，于是询问爱丽丝，是否会出现一个阶段，这些女孩子变得压抑，从此脱离本来的生活，变成另外的样子，爱丽丝斩钉截铁地告诉我：永远不会。

招待我们的东道主是上流社会贵族，单从他们展出的女儿节娃娃就能看出来了，有一些看上去非常精美的娃娃出于皇室，是皇后送给伯爵夫人的。这些娃娃的艺术价值远远高于使用价值，只是用于观赏，不会有人去把玩这些娃娃。从某种程度上来说，这样的娃娃是艺术与历史结合的产物。除了列出来展示的娃娃以外，小孩们还把他们自己的娃娃拿出来给爱丽丝看，都是一些颇具美国特色的娃娃。

成濑校长去世了，罹患癌症的病人最值得庆幸的一点就是没有被病魔折磨太久。他在日本也是很出名的人物，离世前，天皇给了他一笔钱作为礼物，数额很大，足足有五千美元，他将这笔钱用在了教育事业上，以求能够推进女性教育的进程。

到目前为止，我已经举行了三次演讲，日本人给我加深了一个印象——他们是很有耐心的人，而且听众也非常多，几次下来我也认识了很多人。不过我的时间很紧张，平时要忙着准备演讲，如果我的时间充裕自由一些，那么我对他们的印象就能更深入一些，绝不会只停留在表面。

毋庸置疑，日本正在发生天翻地覆的改变，至于这样的变化能够持续多久，这不是日本能够决定的，取决于其他国家要如何行动。日本国内的分歧很大，倘若外面的世界终归还是无法平静，不能实现和平、民主的宣言，那么国内的保守势力和那些守旧的官僚军人便会站出来嘲讽民众，他们会说自己之前已经警告过这些人，可以想见，这样的情况会导致日本的倒退；另一种情况则是其他国家能够妥善行动，尤其是我们自己的国家——美国，如果能够平稳地向前的话，日本的局势将像预期的那样，民主化的进程会被平稳而快速地向前推进。

怪异面具下的精神压制

来日本还有一项传统表演不能错过，那就是能乐，第一次欣赏能乐的时间很短暂，因为在同一天我还要参加成濑先生的葬礼。上午九点前我们就到了，下午两点之前我提前离开，爱丽丝也没能完整地看下来，她在那里看到了三点左右，之后还要去一个学校演讲，时间同样紧迫。

能乐表演的场地很有特色，剧场的建筑很接近伊丽莎白风格——结构类似谷仓。与一般的舞台相比，这里的舞台装置很少，大部分是一些简单的道具，一些低矮的松树是货真价实的，而那棵看起来高大无比的松树则是画上去的。值得一提的是，这里的戏服和面具才是重头戏，这些戏服精妙绝伦，色彩十分丰富，看得出来价值不菲，面具看起来则比较相似。在外国人看来，这些道具唯一可取之处就是它们超凡的工艺以及背后的艺术价值，除去这些，在他们眼中，这些道具都是非常蠢笨的。但我却不这样认为，能乐在这个国家意味着精神层面上的压制，这种压制是从日本生长出来的，我无法具体描述这种艺术的魅力何在，只觉得它很迷人，不过我对它的认知还是太少了，这种魅力我只能感受到，却无法说清它究竟是从何而来。

下午我去参加了成濑先生的葬礼，成濑先生在整个日本都很出名，对人们的影响也很巨大，无论是他的离世还是他的葬礼，都是一件大事。我敢肯定，东京目前能够看到的汽车和人力车都来了。演讲者很多，我记不清究竟是八个还是十个了，给我留下了很深刻的印象，虽然我听不懂他们的演讲内容，但是我能感受到他们的情绪。

葬礼上人们都表现得很文明，演讲者先向成濑先生的遗体鞠了一躬，然后向台下的听众鞠躬，听众也同样回礼。放有成濑先生遗体的棺材就在台上，里面放着很多鲜花，鲜花的数量远比美国葬礼上用得要多。

之前我们参加了一场欢迎宴会，见到了很多美国人，他们大多是在教会学校或者学院里工作的教师，博学多识，风度不凡，看到他们的样子，我才意识到，对于传教士的批判似乎都不是真实的，那些声音大概是有人刻意编造出来的。此时韩国的传教士因为本国的运动，可以宣扬不同的言论，而日本本土的传教士对此则感到不满，因为这样会使得基督教声名扫地，给人留下不好的印象。不过还有一部分人说，这也恰恰证明了基督教的地位提升了，积极引入一些外国的言论能促使日本人修正自己的错误，那些不良的殖民政策应当摒弃。就目前状况来看，日本国内的殖民政策大部分是被军方控制的，这也导致这一类的事情很难被文官影响。

关于韩国的事情，我听到的传言是韩国的前一任国王死因成谜，人们说他并不是自然死亡，而是自杀，他想以自己的死亡拖延长子与日本公主的婚礼，婚期马上就要到了，他甚至是希望能够阻挠这场婚礼。但无人知道这件事情究竟是为了让韩国人愤怒，还是确有其事。日本这边，则在为他们的公主感到可惜，因为一些国家原因，这位可怜的公主要远赴他国，嫁给一个外国人。

来日本的这段时间，除了应邀到其他人家里做客，我们也要适当地回礼。爱丽丝邀请了X先生还有其他一些人共进晚餐，包括我们自己在内，一共有八人参加。我之前说过，日本人的餐馆都是分门别类，十分专业的。这次去的是一家牛肉店，大家席地而坐，我们也跟日本人一样，用筷子吃饭，两个人共用一个炭火盆。生牛肉被切成片状，每一片都裹着蔬菜，上面仔细地撒上了香料，炭火盆上架着一个小锅，处理好的牛肉被放到锅里煮着。

令我印象深刻的是回家途中看见的一家烟斗店。爱丽丝对这家店很感兴趣，她买了三个很小的女式烟斗，烟斗做得精致小巧。店主告诉我们，他这是第一次碰见外国客人，所以又给我们送了两样礼物——一个用亚麻布做的小小的女士专用烟草袋子，还有一个烟斗架，或许店主在这笔生意中还倒贴了钱呢。但这样的感动没有持续很长一段时间，日本朋友告诉我们，在遇到外国人的时候，那些古董通常都会被提价。但这两样礼物在我看来十分动人，足以让我忽略古董商人恶意提价的举动，这包含了一位日本店主对外国客人的热忱与礼貌。

普及全国的高度文明

爱丽丝感冒了，为了照顾她的身体，今天的晚餐非常清淡，是由女仆们端到房间里的。爱丽丝吃饭时拿出了一本书，是关于日本短语的，她给女仆们念了一些短语，因为发音有些滑稽，女仆们纷纷笑弯了腰。看了这么多天的戏剧，我认为还是爱丽丝念的这些短语比较好笑，更让人开心了。

从窗口向外看，可以看见旁边公立学校里的孩子们。这些孩子本性善良纯真，我从未见过争吵或者打架的行为，也见不到以大欺小的校园霸凌现象，相互嘲讽的声音也从来不会出现在这些孩子当中。孩子们身体健康强壮，看得出来得到了很好的锻炼，父母并没有过分溺爱他们。有时候我能看见一些十几岁的男孩玩游戏，他们的身体素质非常优秀，甚至能够背上背着人跨过长沟。

日本人在公开场合很照顾孩子们的情绪，从来不会出现公开责备或者制止行动的情况，至于其他的，例如掌掴和呵斥，则更不会出现了。也许有人会有疑问，难道是因为这些孩子都是成绩优秀的学生，所以才会受到这样的对待吗？其实不然，因为日本本身就是一个注重礼节的国家，日本人从小受到的教育就是和善待人、文明礼貌，这样既能照顾到他人的情绪，自己也会心情愉悦。所以孩子们见不到坏榜样，自然也就不会跟着学了。既然没有过分的举动，那么斥责一类的情况当然也就不会出现了。有些外国人或许认为，日本人的这种礼貌只是流于表面，但即便如此，也比没有要好。日本人自己也表示，他们的礼貌只用在自己的朋友还有一些熟识的人身上，面对陌生人，他们是漠不关心的，不会莫名其妙就给坏脸色，也不会无视自己的底线去帮助陌生人。

我们又去了一次那家烟斗店，就是爱丽丝买下三个烟斗的店铺，这次她买了另一种烟斗。在和店主寒暄的时候，爱丽丝恭维了他一番，向店主表示自己有很多朋友都在夸赞之前在店里买下了烟斗还有店主赠送的两件礼物。与我们交谈了一会儿，店主忽然站起身，拿出了一个看上去更昂贵的烟草袋子，唯一的缺点就是这个袋子有些破旧，看上去像是演员在舞台上使用的道具。爱丽丝本来想要拒绝，但是没能推脱掉，店主说他很喜欢美国人，这就不仅仅是一件礼物这么简单的事情了，这关乎到国际友谊，爱丽丝也就只能接受了。回家路上，我和爱丽丝商量着想要给店主回礼，不过暂时还不知道要送什么好。后来我们把这个故事讲述给同在日本的美国朋友听，他们都说从来没有碰上这种事情，连听都没有听说过。

伯爵大人想要请我们去看一个展览，本来我们是打算去她的学校赴约的，但是爱丽丝感冒了，身体不适，无法前往，我们便去借了电话，与伯爵夫人联系，想要换个时间再去。这只是很简单的一次沟通，没想到下午就有人送来了百合花和孤挺花，都是送给仍在病中的爱丽丝的。虽然今天没能到学校去，但是伯爵夫人仍然通过这种方式表示了自己的关心，实在是令我们非常感动。这段时间我反复提及日本人的礼貌，从我提及的次数上看，应该能感受到我是多么在意。如果有人正好在研究弗洛伊德，那么他应该能够轻易地推断出，我实在是太在意自己礼数不周这件事了。

晚饭是在一家专门做鱼的日本餐馆吃的，很平民化的一家餐馆，因为店里独家秘制的烹饪调料而出名，这种调料用在鱼上面，味道很好。这次是由我们亲自动手，跟上回一样，但不是用炭火盆，用的是天然气。我们吃了些菜和鱼，还有很特别的小龙虾。这家餐馆的点单方式很特别，并没有使用菜单，而是直接端来一个盛放着各色食物样品的大托盘让客人选择。这上面有些食材我很感兴趣，有一个鲍鱼，被去掉了一半的壳，不过这鲍鱼还是幼仔，壳并不硬，有点像我们平时吃的蛤，远没有大鲍鱼的壳坚硬。还有一种是炸的大鳎鱼以及一些很奢侈的菜品，我也只是在大托盘上看一眼，远远地观望着，并没有吃。小龙虾是很特别的食材，假如你们有空的话，可以来试一试，这是带壳的，用筷子可能不太好食用，这个时候就要直接用手了，就像我一样。

　　我本来以为这么平民化的餐馆应该不贵，但是最后结账的时候却发现这家餐馆比别家要贵很多，相对来说另一家餐馆就很实惠了，我们八个人花不到五美元，吃得也很不错。

非客之失，我无良物

日本需要仪式感，正是这种仪式感给平凡无奇的生活平添了许多高贵的感觉。

我忘记了一家私立幼儿园的邀请，他们想让我过去参加女儿节。虽然我忘记到幼儿园去，但是那里的人没有忘记我，给我寄来了很多东西，里面有很多十分应景的女儿节礼物——娃娃，还有一张明信片。我很喜欢这些礼物，打包了一些寄回美国的家中。这些娃娃都很有趣，我相信我的家人也会喜欢的。他们通过明信片上的话表达了遗憾："听到你们要来的消息，我们特意做了蛋糕，准备好好地迎接你们。但是很可惜，你们没来，我们今天很失望，请务必另择时间再来一次。"

在学习语言的过程中，我再次确定，这个世界上没有一个国家能和日本一样，连语言都是。在一本旅游向导书上，我看到了一些例句，爱丽丝模仿着书上的例句说话，结果听到的女孩们乐坏了，她们告诉爱丽丝，女性的说话方式有别于男性，女性说话时用词应当更精致，语气也要更礼貌一些，这是属于女性的婉转，与男性用语的直接完全不同。我们学习这门语言的时间还很短，所以一时间无法领会，但我仍旧认为这是很有趣的语言游戏。日本的朋友们很关注我们说的日语，所以能很快纠正爱丽丝在语法上的错误，他们希望能够帮助到我们，从这些细枝末节中感受到了他们的友善。

爱丽丝所去的百货商店是上流社会人士的聚集地，并不是普通人能去的。

这里是日本最时尚的地方之一，有钱人或者贵族都会在这里购置和服。爱丽丝对日本的旧式和服充满了兴趣，想要找到一件真正的旧式和服。受西方文化的影响，日本和服的剪裁已经不是纯粹的日式风格了。

我们去过一家古董店，店面很小，精致小巧得像一颗宝石，店主是两位老夫妻。朋友跟我们打赌，他认为这两个人曾经都是武士，因为两位老人的举止非常高贵。店里的布置也很用心，店面虽然不大，但是很美观，看上去不像是一家店铺，而像是他们自己的家。之前有一个九谷烧的盘子，被我失手打坏了，我想再买一个。店里有很多各式各样的碗和盘子，但是没有我要找的盘子，我们只好走了，离开前还特地向店主表示歉意，因为打扰了这么长时间却没有买下任何东西，但是店主却非常认真地回复道："是我们的错，我们这里没有您想要的东西。"

上周二我们参加了一场婚礼，这场婚礼令我印象很深刻，因为是中国式的婚礼，来参加这场婚礼的都是城里的富翁和新潮人士。女士们大多身着黑色和服，用料是名贵的绉织物，沉甸甸的，非常有分量，与黑色和服相搭配的是纯白色的中国丝绸，看上去非常柔软，黑白二色相映衬，显得女士们十分优雅。K穿的是一件朱砂色的和服，颜色很明亮，女士和服也有讲究，K已经是孩子的母亲，所以她的和服袖子不是很长，但是年轻女孩们身上的和服通常都是颜色非常艳丽的，袖子很长，几乎要垂到地上去了。和服并不是只有一种颜色，通常都会有一些装饰，有时候是一些刺绣，有时候则晕染上一些别的颜色，看上去不至于单调。穿着一身黑色精致和服的新娘就像是从旧照片里走出来的一样，和服很长，拖在地面上，上面用玫瑰色的丝线绣着牡丹，与这些刺绣相呼应，新娘的黑色内衬也有一些玫瑰色，看起来很协调。新娘的发型是很传统的日式风格，就像我们从日本的工艺印刷品上看到的那样，簪子是龟甲制成的，每根都很长，大概有七厘米，簪子的末端精心雕刻着花束。这样的簪子很多，远远看去，新娘仿佛戴了一顶王冠，非常优雅美丽。新娘、新郎和他们的家人站在一起迎接客人，站位依次是新郎的父亲、新娘的母亲、新郎、新娘、新娘的父亲以及新郎的母亲，他们整齐地站成一排，有客人经过时，他们便一起向客人鞠躬，礼仪很周到，每个人都不轻易挪动自己的手，礼服因此能够保持平整的样子，而不会有褶皱，也尽量不往别的方向看，新娘和新郎的位置离得很近，偶尔能交换一下目光。

我们随后分别进了两间屋子，一间屋子里都是男人，有一些正坐着抽烟，另一间里则都是女人，我看到了一些我认识的人，她们都很友好。伯爵夫人为我们介绍了今天的伴娘，她们都是还未出嫁的女孩，是新娘的姐妹还有亲戚，身着异常奢华的和服，和服的颜色非常亮丽，上面有十分精致的刺绣，整体装扮也很出彩，这些精心打扮的女孩就像是拥有彩羽的鸟儿一般可爱，像是鹦鹉，又像是孔雀。客人们则统一穿着黑色的制服，搭配着白色的礼帽，整场婚礼看上去层次分明，井然有序。美国人穿衣服则非常随意，一旦站在一起，所有不同颜色、材质和形状的衣服都混成一片，乱糟糟的，看上去一点都不整齐。

婚礼上供客人饮用的茶水也很精致，新娘和新郎以及他们的家人坐在一张很长的桌子旁，大家也各自落座，新娘换了一身绿色的和服，同样很漂亮，这次她和新郎离得很远，中间大概有半米的距离，两人都坐在长桌中间的位置。

万物尽归一园

受H将军的邀请，星期二晚上我们参加了一场别致的晚会。这场晚会是在练兵场的花园里举办的，要不是因为很信任我们，他绝不会安排我们进练兵场的。H将军虽然不会说英语，但是对我们的态度还是非常真诚的。

晚会上来了25个人，很大一部分都是基督教协会的，其中有一个日本教会的牧师还曾与我交谈过。H将军希望能够给日本带来更多的民主，我便依照他的意思谈了谈民主在道德上的意义。

虽然说是练兵场的花园，但这并不是传统意义上的花园，更像是一个公园，就公园来说，除了东京的几个帝国公园以外，没有哪里能比得上这里了。练兵场的花园规模巨大，与我们想象中精致小巧的日式花园完全不同，这里面没有那些精巧的小物件，都是很大的仿制品。日本传统的园艺师崇尚将出名的景观按比例缩小放在花园当中，从前有位大名非常仰慕中国，这个有200年历史的花园中便有几处是仿照中国景观做的。这其中居然能够容纳这么多不同风格的景观，这就是这里园林艺术的绝妙所在。假如给日本的园艺师一个中央公园，他们便能把整个地球放在里面，你在其中能同时看到阿尔卑斯山和爱尔兰海。花园中的每个细节都被考虑到了，每一处看似随意的景观都是经过精心设计的，就连一块小小的石头都饱含深意，要想真正地领悟其中奥妙，要拿出研究杰作的态度去欣赏。

　　有个事实或许很多外国人还不清楚——日本姑娘假如选择出国，那么就意味着她已经打算放弃婚姻了。当她们学有所成归国之时，年纪已经大了，而且在美国学习之后，这些姑娘不可能像其他姑娘一样心平气和地接受家里安排的婚姻，她们很有可能谁也看不上，最后孤独终老。

　　我之前去听一场演讲时，有位朋友指着一位年近30的日本女士告诉我，这位女士即将嫁给一个住在日本的美国建筑师。这是一个例外，也是远近闻名的爱情故事。这场演讲是关于神道的，主要探讨神道在社会层面上的影响，虽然在日本，神道并不是国教，但是官方却十分崇尚信仰，这听起来有些滑稽。我觉得要是外国人听到这样的事情肯定会觉得不科学，但是日本大多数人是默认它在科学上是正确的。日本当下是神权政治当道，所以关于神的事情是不允许人们置喙的，哪怕有人想从历史角度去分析或者批判这些古代文书也是不行的。有一部分日本人坚定地认为他们的祖先是神，于是穷极一生想要找到证据。某位日本官员就认为，自己神圣的祖先一定在某处留下了记号，那肯定是一种既不是日文汉字也不是假名的神秘记号。为此他到处探访那些古老的神社，并且相当自信地认为已经在这些建筑的横梁上找到了祖先留下的记号——他认为这些记号是原始的日本语。这位官员将这些记号复制保存下来，并且珍而重之地向大众展示，不过很有意思的是，有几个木匠看到了这一幕，他们做出了解释，这些被传得神乎其神的记号，不过是一些很常见的建筑记号罢了。

　　相比起芝加哥，这里的天气更为多变，星期一的午夜时分，骤降暴雨，狂风呼啸。等到第二天早晨起来时，天气却又变得晴朗温暖了，这一天是我认为最舒服的一天。趁着好天气，我连忙出门观赏，连外套都没有披，外头木兰正盛放着，一切都如此美好。但是接下来的两天，则又变得阴冷起来了，假如不是因为狂风还未平息，早晨起来应该还能见到霜，不过这样的天气在这个季节才是常见的。

有三位大学教授一起来拜访我，并且非常客气地表示在镰仓的这段时间，他们希望能够照顾到所有的细节。像所有来拜访我的客人一样，这三位教授也向我询问离开镰仓的时间，不过我并不能确定，因最近这段时间的天气变幻莫测，也许为此我会在镰仓多逗留一段时间吧。五分钟后，他们又问了同样的问题，我想他们可能不明白。直到启程去中国之前，我都无法对每一件事了如指掌，一切都有变动的可能，我无法给出确切的答案。

日本现在有一场反美运动，主要集中在报纸上，但是来势汹汹，我觉得目前这种形势应该是有人在暗中推动，不然不会发展得这么快，我猜想也许是日本国内的军国主义分子。日本的人民现在更亲近自由主义，过去几个月他们失去了太多的支持者，威信一再下跌。威信流失得比这几年都要迅速，这样的情况让军国主义分子觉得很惶恐，于是想要做些事情来恢复自己原本至高无上的地位。这个时候，批评美国就成了最简单的一种方式。这很好理解，就像我们一致反对英联邦一样，人们有了共同的外部敌人，总是会比较团结，假如这场反美运动成功了，那么军国主义分子就能把危害到自己的那些其他主义悄悄扼杀，继续为他们的军部摇旗呐喊。随之而来的是对于种族隔离的探讨，这场运动主要是针对美国的，但是对于其他国家日本也充满敌意，中国人和韩国人被禁止移民日本。就程度而言，我认为美国人对日本人的隔离远远逊于日本人对中国人的隔离。种族隔离在现今世界很普遍，在澳大利亚和加拿大也有，不过无论是哪个国家，都不能在这方面保证一致性，即便现在反美运动如火如荼地进行着，但是我们和日本人交流的时候，是不会感受到非常强烈的反美情绪的，这种情绪只能在报纸上看见。

假如有一天日本和英国的同盟关系失效了，那么美国绝对会成为罪魁祸首。即使两国之间的关系失效是因为国际联盟或者其他的原因，哪怕是英国直接导致这一后果，也没有人会去追根究底，美国会被推出来做替罪羊。其实这样的运动不止一次，日本除了发起过反美运动以外，还发起过反英运动，日本曾经与英国就战争方面的全部事宜有过很艰难的谈判。就目前的情形来看，日本现在发起的反美运动是非常愚蠢的，德国和俄国已经退出了同盟，而英国也没有明确表态要和日本站在同一战线，日本在国际上已经孤立无援了，此时此刻煽动国内的反美情绪显然对日本没有好处。日本现在唯一还算走得近的国家就是法国，但也只是因为两国在对待俄国问题上有共同利益，以及某些财政方面的原因，这样的亲近关系不知道能够维系多长时间。

重压之下的快速上升

镰仓离东京很近，乘火车只需要一个半小时就能到达。我还要去一趟镰仓，去看看镰仓的山和温泉街。这次的行程只有一点使我担心，那就是樱花的花期比往年提早了大约十天的时间，我很担心在我离开的这段时间里东京的樱花就盛开了，我不想错过这样的美景，所以这次我在镰仓大概只会停留一周的时间。我还想去一趟京都，在京都我要待上五天，我非常想去那儿的伊势神宫看看，伊势神宫是日本最古老也是最神圣的一座神社，对日本人来说，这座神社极其重要，在这里他们可以尽情表达对国家和祖先的崇敬。

提到祖先，我想起之前款待过我的伯爵先生，他将在议会结束之后启程前往南方的鹿儿岛，他的第一任夫人已经去世，就埋葬在这座岛屿上。伯爵先生如今已经年迈，身份、地位崇高，他出身贵族，如今是自由政治家，并且与已故天皇十分亲密，但是他却表示不会出席年度纪念大会，要知道，这次的大会主要是庆祝明治宪法颁布30周年，像他这样的人物不到场还是让人觉得很意外的。伯爵先生觉得十分惭愧，无颜见他已故的主人，这么多年来立宪主义一点儿进展都没有。假如有一天，他觉得已经有足够大的进展了，他才会出现，虽然天皇已经逝世，但伯爵先生仍然觉得自己肩负着责任。

昨天的午餐是在一家餐厅享用的，这里的食材很特殊，我相信大部分外国人应该都没有见过，更不要说品尝它们的味道了。晚餐是在朋友家里吃的，十二道菜外加两三道点心，餐后还有茶水。今天的晚餐与昨天差不多，菜单别具一格，是写在扇子上的，上面只有日文。我还拿到了纪念品，是几个小巧精致的银色盐瓶。与昨天一样，今天也上了三道汤，分别在刚开始、中间以及晚餐快要结束的时候端上来，快要上最后一道菜的时候，才有人为我端来了饭。

至今，我已经在日本停留了超过六周的时间，虽然看上去时间很长，但是我的行程安排得很紧，不可能什么都不做只出去游玩，所以欣赏到的景色可能还不如某些只在日本待了几天的旅客。我觉得我与日本人的交流非常充分，比起那些在日本待了几个月的美国人来说，或许我更了解日本人的日常生活状态，因为我接触到了足够多的日本人，这其中的群体还很复杂，除了有普通人以外，还有官方人士，我还与一些具有代表性的日本知识分子交谈过。

之前我在欧洲旅游的时候，见到得很多，然而了解得很少，在日本，这种情况则完全相反，对于日本的现状，我了解得更多。总而言之，美国不必忌惮日本，就当下的情况而言，美国应当对日本报以遗憾或者同情的心态，日本还不足以威胁到美国，虽然美国本身也面临许多问题，但是日本现在的问题显然更大。这个国家领土面积很小，因此在处理问题的时候，能够调动的资源、材料和人口都十分有限，他们的发展太过迅猛了，以至于处理问题的速度现在还跟不上，仍旧停留在初始阶段，虽然日本已跻身世界强国之列，但对此的准备却还不充分。对日本来说，立刻适应其当前的国际地位和声誉是一件艰难的事情，也许在这样的重压之下，刚刚发展起来的日本会破裂。

一个国家的象征——天皇

　　日本人的文明程度很高，这一点我认为美国人需要学习。在学校时，日本人就会教育孩子要礼貌友善地对待外国人，他们的姿态很优雅，也有很强的责任感。学校在这方面的教育十分到位，如果有客人来家里做客的话，这些孩子的表现一定非常得体，这都得益于学校的优秀教育，这样的教育能显著提高国民素质。

　　我的日本之行增添了一项很有趣的体验，那就是偶遇天皇出行，对我来说，这样的体验相当幸运，并不是每个外国人都能见到这样的场面。我之前并不知道天皇要外出，那天刚好与朋友出门，正准备像往常一样下山取车，我们要走过一座桥，转个弯就能见到停车的街道了。彼时我们正走到桥的另一端，忽然间发觉街道上的人都开始安安静静地排队，三名警察穿梭在队伍之间，按照身高来排好队伍，确保每个人都能看到前面的场景。看到这一幕，我们便也加入了队伍之中，站在最末尾，警察用鼓励的眼光看着我们走进队伍，这里没有人大声喧哗，我不知道人们要迎接谁，当看到一位官员与我的朋友交谈时，我便大胆地询问了这位官员，为什么人们要站在这里，她小声告知我原因，原来天皇要去参加早稻田大学的毕业典礼，途中会经过这里。这个答案吓了我一跳，我完全没有想到，如果不是提前问了这位官员，也许直到看见马车上属于皇室的菊纹家徽我才能明白究竟发生了什么。

一听到天皇要经过这里，我的问题顿时又多了起来："天皇要怎样过来？是坐汽车吗？我们还要站在这里等多长时间？"此前关于天皇出行，我听过许多传言，其中关于道路该如何清理就有很多版本，比如沿路店铺要关门好几个小时，又比如车辙上要撒白沙等。虽然我的问题很多，但是这位官员显然不打算透露太多，她"惜字如金"地告诉我只是片刻而已。直到这时，我才发觉，她不会跟我说很多关于天皇的传言。等待的时间不长，很快，天皇的车队就出现在我们眼前。一匹马走在前头，它穿着卡其布做的"衣服"，后面跟着一辆马车，这辆维多利亚马车很干净，在阳光下发着光，马车后座坐着一个男人，长相非常具有日本特点，车门上印着菊纹家徽，男人身上穿的制服也是卡其布做的，与其他士兵一样，他也戴着帽子。后面还跟着很多辆维多利亚马车，每一辆都闪闪发光，规格都差不多，两匹马拉着马车向前行驶。

我在队伍中抻着脖子，这并不是我有意冒犯，能够看见天皇对我来说是很幸运的一件事，所以我想要看清楚天皇的样子。我看到中间座位上有一名男性端坐着，他的个子很小，神情愉悦，一直目视前方。我不知道谁才是天皇。车队慢慢地向前走去，我向周围的人们发问，很快有人回答了我的问题："天皇坐的是第一辆马车。"他们依旧保持着安静的氛围，回答我的问题只是出于他们的教养。跟在马车后面的是一队士兵，他们骑着马经过，看起来很是精干。

我们站在原地看了一会儿，便转身向我们停车的街道走去，走了一小段路之后，我跟朋友说道："我不知道天皇要路过这里，原来人们在天皇驾临的时候是这样的。"我仍旧有些感叹，能见到今天这样的场景也是我的幸运，毕竟天皇出行不是每个人都能见到的。朋友的声音听起来则十分平静，她告诉我，这是她第一次见到天皇。天皇的出行与我想象中并不相符，人们并没有高呼"万岁"，整个过程都是非常安静的，没有人叫嚷，但是他们每个人心中都是对天皇的崇敬。所有人的目光都落在地面上，我是唯一直视天皇的人，身在其中，你能感受到那种天然的敬畏之心，甚至连呼吸的声音都听不到。

再过一段时间，皇室会举办游园会。听到这个消息时，我们马上就在大使的邀请本上签了名。皇室举办的聚会，帝国大学的教授都能去，但对外国人的要求较为严苛。只有近日到访日本的外国人才在受邀之列，所以每个外国人只能去一次，之后就再也没有机会了。如果想再去一次，只能到帝国大学去当教授了。但因时间上有冲突，我们把出席申请取消了。

虽然不能出席游园会，但很幸运的是，我们认识的一位男爵，他的女儿正好是皇室内务的成员，她邀请我们去皇家庭园参观，游园会之后将在那里举办，我们可以提前去参观一下，弥补不能到场的遗憾。这座皇家庭园是天皇名下的众多庭园之一，并不在天皇住所附近，到了秋天，这里还会举办"观菊会"，虽然这些聚会都是由日本天皇和皇后举办的，但是场所从来不会设在天皇住处。天皇住处被护城河环绕着，除非你能受到天皇的召见，否则根本进不去。围绕着天皇住处的护城河和围墙都十分精巧，要是感兴趣的话，可以去看看旅游向导书，上面有很多关于这些的详细描述。护城河上的围墙历史悠久，是封建时代藩国中的百姓修建起来的。护城河的一部分早就已经被填平了，现在只剩下三段，也不是完全封闭的，那森严的大门和威武的士兵始终伫立着。庭园里的空气很好，外界的尘土无法飘落到庭园中来。

剧场中的女性和公司里的男性

　　今天我穿上了日本短袜，这种细致到每一根脚趾都要分开的短袜并不适合我，不过穿这样的短袜比穿毛毡拖鞋要好多了，穿这种拖鞋上楼总是很容易掉，我平时在房间里只穿普通的拖鞋，甚至很多时候干脆就光着脚，这样更舒服。日本人真的很爱干净，在这点上我们比不过他们。

　　日本的木桶浴很有趣，每天晚上都有人专门给我们准备洗浴的木桶，里面灌满热水。镰仓的木桶是被放在炭火盆上的，先用小桶装好水，然后再倒到木桶里，每晚木桶里的水都会被重新加热，东京的水则是直接从水龙头里出来的，这样更方便了。从前在美国的时候，我从来没有在木桶里洗过澡，所以到了这儿之后看到木桶浴总是忍不住大惊小怪，这些东西看起来都很古老了，与这里的山一样，不知道经历了多长的时间。

　　这段时间我们学会了如何使用筷子，这也不是很难。与日本人吃饭时，我觉得最困难的事情就是跟不上他们吃饭的速度，日本人吃饭太快了，他们好像并不喜欢细嚼慢咽，这与他们精致的菜肴形成了鲜明的反差。假如把日本的烹饪技巧引进美国，一定能给我们的现代都市带去一些属于日本的可爱色彩。繁忙的社交生活暂时告一段落，我们终于有时间出去观光了，这是真正意义上的观光，不带任何别的目的，只是为了好好欣赏这座城市。我们随心所欲地到处游走，时不时到商店里买一些小东西。华灯初上之时再返回住处，享受夜晚的静谧和舒适，这太完美了。对于我来说，日本之行带给我的美好记忆太多了。

我们有幸见到了日本最伟大的演员——来自大阪的雁治郎，为了欣赏他的表演，我们专门订了一个包间，观看的这出戏还曾经在纽约演出过，名字叫作《武士道》。毕竟这次是在他的祖国表演，所以表演的时间更长，不仅戏名改成了另一个，戏的内容也与纽约演出的版本不一样。或许很多外国人还不知道，日本的公司里通常只有男性，一部分男性要在剧场里面扮演女性角色。他们给自己化上精致无比的妆容，甚至在没有表演的时候，也要像女性一般穿衣打扮，生活中也要向女性靠拢，这样才不会在演出中露出马脚，艺术感才不会丧失。

这出戏从下午一点开始，直到晚上十点才结束，其间有专人将放有晚餐和茶水的漆盒送到包间来。与观众相比，演员要辛苦得多，主演雁治郎每一幕都要上场，要一直连续表演八个小时，这么长的时间足以让观众看到演员的艺术功力。每一幕的戏服都十分精致，不过精致的戏服只是锦上添花，最重要的还是演员本身的能力。他们并不只是简单地在舞台上踱步，趾高气扬地念几句台词就行了，这样的表演太无趣了。这些演员注重的是表情，他们的表演通过生动的表情来体现，连念白也会受到表情的影响，这样的表演更依赖演员，世界上没有哪种戏剧流派的表演是如此依赖演员的。我从前听人说，一个优秀的演员要让观众看到许多东西，即使无法以正脸示人，也要用背脊和腿部动作来表达出感情。

镰仓位于海边，在夏冬两季是日本的度假胜地。也许是因为靠近大山，镰仓很暖和，温度比东京高大约十摄氏度，周末时有很多欧洲人到这儿来度假，酒店里全都是外国人。不过到了夏季，日本人和外国人的选择就不一样了，外国人更愿意去爬山，而日本人通常会选择到海边去游玩，因为孩子们比较喜欢在海边上玩耍，对他们来说，这里的乐趣显然更多，而且登山需要经验，相比起在海边游玩而言，登山就复杂一些了。

柔道：压制之中的保护

　　我去见识了一下日本的柔道，这给我留下了很深的印象。我拜访的这位柔道专家在一所师范学校里当校长，他为我展示了一下柔道的技巧，还详细地给我解释了所有的原理。这是一家很大的柔道馆，周围还有很多正在自由练习的柔道选手。他们是两人一组，正在对战。对我而言，这些柔道选手的动作都太快了，我的眼睛根本捕捉不到他们的动作，还没等我看清楚，某一位选手就已经被他的对手扛到了背上，然后干脆利落地被摔在地上。

　　柔道专家设计出来的锻炼方式很科学，这是基于旧式的练习方式研究出来的一种分阶段的锻炼方式。这其中并没有太多精妙的诀窍，它是建立在机械原理上的，专门针对人体平衡进行研究，在何种情况下这种平衡会被打破，又该怎样恢复，以及如何利用重心的转移打败敌人是研究的重点。在这里，选手们首要掌握的一项技能就是即便倒下也不能受伤，只要做到这一点，就会受到夸奖，这样的理念我觉得非常值得引进，我们的体育馆里也应当这样。柔道并不能代替户外的运动，但是相比较起我们的室内体操，我还是觉得柔道更好，其中很重要的原因就是柔道运动所展现出来的精神，我认为这值得研究，从意志控制的角度入手，或许能发现很多东西。有一本书我觉得应该推荐出来——哈里森先生所著的《日本的战斗精神》。哈里森先生是一位记者，书中的内容虽然并不深奥，但是很有趣，而且里面描述的很多东西都是可信度很高的。

在观看柔道对战的过程中，我发现这些选手的身体异于常人，他们的腰很细，他们通常要进行腹式呼吸；肱二头肌并不强壮，但是前臂肌肉非常结实，比我见过的很多人都要强壮。我还看见了一位选手，只要把头往后一仰，他就能迅速起身。日本军队里还有一种深呼吸的方法，是受过去的武士影响的，与佛教禅宗也有很深的渊源。不过大部分日本军人并没有使用这种方法，而是向其他国家军人学习了一种更现代化的锻炼方式。

我写了很多封信寄回美国，有时候为了能让家人早些看到我的信，还会特意早起，然后匆匆忙忙地将信写好寄出。但后来我发现，海运的速度太慢了，无论我写得是快还是慢，都不会影响信的到达时间。之后的一段时间，我的家人可能会收到许多封不同日期寄去的信了。

我们选了个晴天出门散步，这一天阳光明媚，但一点都不闷热，正好适合出门走走。我们先是在一家艺术品店买了印刷品，这家店之前我们也光顾过。之后去拜访了一位研究政治经济学的教授，他是一名议会成员，这是一个机警敏锐的人，但同时又十分有趣，他充满精力和好奇心，简直就像是个美国人，连爱好方面也与我们很相似。

与这位教授的交谈让我又学到了很多关于日本的知识，午饭是在教授的岳母家里吃的。中间隔得有些远，我们叫来了三辆人力车，穿过一条狭窄的樱花道，又翻过山，沿路都是风景，目之所及都是一片葱茏的绿意。

他们的房子很漂亮，像日本的很多富翁一样，这栋房子的风格融合了日本和外国的特点。房子很干净，地面上虽然没有铺地板，但是依旧纤尘不染、闪闪发亮。

U先生先带我们去参观了一下画室，这间画室的风格除了受到英国维多利亚时代中期的影响之外，还有一些德国的风格，是一间看上去很华丽的西洋画室。画室里有一个十分巨大的漆柜，其他的家具在这个漆柜面前显得非常渺小。

之后进来的是这家的女性成员，她们向我们鞠躬，态度十分和蔼。我们对她们的招待表示感谢，她们回以微笑。祖母的样子十分威严，孩子们大都喜欢围绕在祖母的身边。女士们将茶端了上来，杯子都是蓝白色的，架子和盖子是漆制的，看起来很精致。

没过多久，午饭时间到了。矮桌上已经放了三盘菜，两位年轻的姑娘跪坐在地上为我们服务。有两种酒可供选择，一种是葡萄酒，另一种是苦艾酒，我们选择了后一种。每个人面前都有一只漆制的碗，上面配着一个盖子。这样的碗里面一般装的都是鱼汤，还会配上几块鱼肉和一些切成薄片的绿色蔬菜。我们非常感谢主人用这些美食来款待我们。来日本这段时间，当有机会能够品尝到正宗的日本料理时，我们就很开心。

享受日本家庭中女性的服务，是外国客人得到的最高待遇。当一位外国客人被主人邀请坐在地上，并且家庭中的女性为这位客人服务的时候，说明这个日本家庭已经完全对这位外国客人敞开了。

两位年轻的姑娘跪坐在矮桌旁边，她们不需要移动，家中的女仆负责将菜肴递给她们，再由两位姑娘递给客人。就餐过程中，我遇到了一点儿小麻烦，我实在是无法适应这种跪坐的方式，整个午饭时间我都跪坐着，等到终于能站起来的时候，从膝盖到脚都已经没有知觉了。不过这点儿小麻烦没有打扰到我用餐的兴致，我先喝了一点儿汤，炸虾是凉的，这种凉的炸虾是要蘸着调味汁儿一起吃的；另一只碗里有凉的蔬菜，还配了一些腌菜；最后是米饭，日本人十分钟爱米饭。正餐之后是点心，是放凉的煎鸡蛋，口感也很不错。之后女仆端来了茶水，是台湾的乌龙茶。我还吃了一点儿吐司，整顿饭只有这些吐司是西洋的。就餐完毕，我们起身离开，到楼上去参观别的房间。

楼上收藏着很多漆器、铜器和木器，每一样都十分精美，我们好好地欣赏了一番。到楼下才发现，已经有人为我们准备了水果和茶，但是剩下的时间不多了，我们来不及吃水果，接下来还要去皇家庭园。我们到门口穿鞋，准备离开，主人家又叫人把茶送了出来，这是最后一次茶，是专门为我们在路上准备的，这是一种味道非常浓厚的乌龙茶，配上了牛奶和两块方糖（这两样东西是可以按我们的喜好随意添加的）。我们在这里停留的时间不长，仅有三个小时，其间她们为我们送上了六次茶。

3
CHAPTER

歌舞东瀛
——人间烟火中的日本人

　　日本在我看来是矛盾重重的，它很难用一个词来概括，尤其是在我去过那么多地方之后，不可否认它还在努力从旧时代中挣扎出来，如今我也无法对这个国家的未来下定论，恐怕日本人自己都无法预测日本接下来会通往何方。这段过程对于本国人和外国人来说都是一样的，大家都在茫然之中。不过我在日本的大多数时间都是用来演讲，所幸接触到的人很多，所以对此的了解还算充足。

　　日本独有的艺术让我十分喜欢，无论是文化还是建筑，抑或其他的一些东西，虽然都是从模仿开始的，却渐渐提炼出了自己的特质。

　　我离开了东京，又到奈良和京都观赏了一番，那里平和又寂静的氛围让我印象深刻，我受到了热情的招待。与烟火气息太充足的其他地方相比，这两个地方更像是静止不动的。

天皇的专用菜园

我走在皇家庭园，迎面而来的是一大片兰花，足有一万株，继续往前走，看见了一片菜地，里面种着一些瓜果、蔬菜，有茄子、莴苣、马铃薯、番茄、青豆和甜瓜，这些都是专门种起来供天皇食用的。不知道是不是因为有专人精心照料，这里面的蔬菜、瓜果样子都非常漂亮，比如莴苣，我从来没有见到过形状这么整齐的莴苣，它们长得很完美，粗略一看似乎都是一模一样的；其他的蔬菜也是这样的，这里像是种着一片工艺品。

有一些葡萄藤被装在了罐子里，不过数量很少，或许是因为现在还处于起步阶段，我不太熟悉这种植物，不知道这些蜿蜒向上的藤蔓类植物最后是否一会结果。庭园里面的花儿都开得很漂亮，有大片大片的雏菊，还有很多别的我不知道名字的花，每种花的颜色都非常亮丽，它们是被专门放到庭园中的花坛里的，提前为游园会做好了准备。游园会的举办时间是17日，但是当天我们无法到场。

游园会的举办日期将近，这座庭园的工作人员正在为天皇和皇后的驾临做准备。他们正在搭建一个很大的帐篷，帐篷顶是木头做的。游园会开始的时候，天皇和皇后就坐在帐篷里，游园会结束后，帐篷应该就会被拆掉了。游园会还会受天气影响，如果下雨了，游园会就无法举办了，花坛里的花一定会被风雨摧残，那样一来，庭园的景致就不再优美，只剩下满地狼藉。不过今天的天气很好，希望接下来也都是好天气吧。

与美国相比，日本草地的变绿速度非常慢，直到现在草地还是黄的。

我一生中到过许多地方，眼前的一切是其中最美丽的风景之一，樱花树下有许多植物，阳光斜斜地照来，花草都熠熠生辉。庭园的面积足有67公顷，里面都是园林风景，不存在其他建筑；河道湖泊点缀在庭园的每个角落，还有几处瀑布；水上有桥有岛，还有一些小山，这些都是人工做成的；其间还有一些体型较大的鸟，或翱翔于天，或潜游于水。这些景色都不是灰扑扑的，成片的树为它们染上了一层绿，就像是一幅画。看着这样的景色，让我由衷地感叹，实在是不虚此行。

在芝加哥时认识的T先生如今也在东京，他希望能在我们离开日本之前安排一次聚会，把所有现在仍在东京的那些旧时学生都叫过来，这样的聚会让我们很感兴趣，相聚在餐厅也是不错的选择，我和爱丽丝都清楚这一点。虽然T先生还没有敲定最终的时间，但是为了这次的聚会，我们会在日本多逗留一天。剩下的时间不多了，在最后这段时间里，我们希望能够多拜访一些朋友，之后乘着车到处游玩，看看东京的樱花，我们还希望能够去东京的一些著名的茶屋坐一坐。直到现在我们都没能见一眼茶屋，更别说去茶屋里坐一会儿了。东京也没有专门的下午茶餐厅，美国有很多，女士也可以在里面好好地享用下午茶。这座城市里最不缺的就是修饰一新的百货商店，但是这些百货商店对我们而言没有任何吸引力，它们就像美国的那些百货商店一样，完全没有日本自己的特色。茶屋的稀少也证明了一件事——东京的女士很少走出家门。

雁治郎正在东京演出，他是日本最伟大的演员，这场表演依旧非常精彩，这位从大阪而来的演员在表演上从来不会让观众失望。戏剧的主角是一只幻化成人类的狐狸，他跳了一支舞，这种舞蹈并不是我们想象中的传统日本舞蹈，动作非常慢，还要精心摆出不同的姿势，也不同于俄国太过狂野的舞蹈。雁治郎一个人站在舞台上跳舞，没有人给他伴舞，他戴了很多面具，佩戴的面具不同，所展现的舞姿也不一样，他的动作都是顺应着面具来改变的。动作类似动物，但是不必刻意去表演，雁治郎很轻松就能做出这样的动作，犹如一只狐狸一样，既灵巧又优雅，作为老雁治郎的儿子，他实在是太优秀了。如果说这场舞蹈与俄国舞蹈有什么相似之处的话，那一定是其中表现出来的自由的风采，但这场舞蹈更古典一些。没有亲眼见过这场舞蹈的人是无法想象的，只有当你真正看到了，你才会为此惊叹。

我发现了一家博物馆，在某些方面我认为它比帝国博物馆还要优秀，馆内珍藏着大量的佛像，我没有时间停下来休息，只顾欣赏，除了佛像以外，还有很多中国的文物，每一件都非常精美，与这些藏品相比，博物馆里的绘画就逊色多了。

暂时打破人们的距离感

我们坐上日本最快的火车离开东京去了一趟乡下，踏上了另一段旅程。

这段时光对我们来说是一场狂欢，我们加入狂欢的人群中，一起去欣赏樱花。人们穿着华美的服饰，戴着假发套，一同欢庆。人们开心地饮酒，直到喝得酩酊大醉，只有少数人还保持着清醒，我们就在这少部分人中，日本人即使是醉酒也能掌握好分寸。在场的每个人都来找我们练习英语，不管他们的英语水平如何，都要与我们聊上一会儿。有一位模仿者打扮得非常精心，他用蹩脚的英语告诉我们他模仿的是卓别林，除了英语不过关以外，在其他方面，他是一个优秀的模仿者。

日本人的距离感太强，这让他们看起来总是十分疏离，受这种氛围的影响，他们终于多了些亲密感，也更容易向旁人吐露真情。平时他们总是咬紧牙关，不愿意泄露一点儿自己的内心，现在他们则敞开了心胸，仿佛要把隐藏在心底最深处的秘密和一生中最远大的志向告诉别人。负责招待的主人全天都在开心大笑，日本人很少喝得这么醉，醉酒在平时是没有吸引力的，只有在这种狂欢的氛围下，人们才能高兴地大醉一场。

河岸边栽种了许多树，绵延至几里之外，这条水道为东京城里提供水源。树的种类繁多，而且生长阶段也不相同，有些树还没有到开花的时候；有些树则正逢花期，开得热烈；有些树光秃秃的，上面一片叶子也没有；有些树上虽然没有花，但是长满了很漂亮的粉色小叶子。花瓣被风一吹，静静飘落，如同一场带着香气的雪。不过不必担心，即使落下的花瓣很多，树上的花儿依旧很多。

这段时间，看戏也是我们经常做的一件事，我们去了帝国剧场，十个人一共两个包间。看完戏，我们被带去了后台，有幸参观了演员的休息室，还结识了一位演员，他的儿子也在场，今年大约11岁，也开始登台表演了，他表演的是舞蹈，跳得非常不错。休息室里还有一位老师，这位小演员跟着老师学习汉字的书写，他很认真，一直在埋头学习，只要没人与他说话，他就不会把头抬起来。日本的表演行业实际上是一种继承性质的职业，通过上一辈的传授将表演的精髓延续下去。我甚至怀疑，如果一个演员没有出生在这种代代相传的家族中，也没有从孩提时代就接受这样的训练，那他能不能为观众展现优秀的表演？即使一个外人能够做好表演，行会同样不会允许他进入。之前我们就见识到了，一位有着英国血统的演员在舞台上那样成功，但依旧被行会所排挤。我们得知他们想要去美国，但是这件事需要一个赞助人，不然他们是无法到达大洋彼岸的。我认为如果他们能在舞台布景挑选上再慎重一些，同时选择动作多、唱词少的部分进行表演，再加上对唱词的详细解读，那么他们在纽约演出应该是能获得好评的。

此次的日本之行并不是官方的，我们见到了许多对日本了解深刻的人。这些零零碎碎的体验拼凑到一起，虽然只有八周时间，但我相信，在同样的时间内，对日本社会状况的了解程度应该没有多少人能够超过我们。这并不是一件难事，一位经验丰富的记者要收集到足够多的信息，只需要几天，他就能了然于心，但这并不是一种有深度的了解，印象应该通过不断的叠加，从而找到对事物的敏锐感觉，加之熟悉事物的相关背景，最终才能洞悉，而不只是停留在表面的信息收集。

　　日本的外在看起来还是没有改变，倘若从精神层面看待他们的变化，就会发现，现在与50年前日本首开国门与外国建立联系时并没有什么不同，接下来的时间，日本将会迎来一次极为严峻的社会改变。

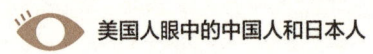

离开东京之后：一段真正意义上的旅行开始了

真正意义上的旅行从我们离开东京之时才开始，此前我们的时间一直被工作和参观切割成零碎的片段，偶尔忙里偷闲能出去逛逛，这次我们终于可以好好地观赏日本了。

第一天的大部分时间都是在火车上度过的，我们乘坐火车从东京前往名古屋，途经富士山，随着火车的路线改变，我们从三个角度看到了富士山。听说碰上不好的天气，人们在途中就见不到富士山了，万幸我们碰上了一个很好的日子，天气温暖，阳光明媚。

日本最古老的城市就是奈良。我们本想去名古屋城参观，但是那里是天皇的一座宫殿，所以需要在东京办理准入的手续，我们没有办法，但仍然不想放弃这样宝贵的机会，于是尝试着联系了一个在东京认识的年轻人，他是奈良人，与我们在X先生的家中见过面，但是这位年轻人在电话里告诉我，如果没有在东京办理的准入手续，即便是他自己也无法进入，更不要说外国人了。我们只好放弃去名古屋城参观的想法。但是年轻人非常热情，当即便要请我们一起去吃晚餐。

我们跟着他去了一家在奈良很出名的茶屋，享用了一次奈良料理。这次的晚餐是茶饭，饭前是茶道，但是没有仪式，只有茶粉。品尝过奈良的料理之后，我们一致认为奈良的烹饪技术比东京要好，这话让东道主非常受用。这里的食材和口味更丰富，而且还十分美味可口。晚餐中的一条鱼引起了我的注意，这条鱼大概有十厘米长，鱼身上的颜色是褐色，仿佛被涂上了一层焦糖，仔细观察才发现这条鱼是沉浸在一种液体中烹调出来的。晚餐后，他还专门为我们请来了当地最优秀的三弦琴演奏者和一些歌者、舞者，这些人都是艺伎。爱丽丝调侃我现在就像是大卫王，身旁围绕着为我唱歌跳舞的女子。

这些艺伎也是分等级的，等级较低的艺伎与在杰克酒店给歌手伴唱的人差不多，等级高一些的是女演员，还有一些是更高等级的。年轻人告诉我，真正具有日本特色的事物与人，外国人是很难看到的，但是今晚我看到了很多，包括就餐的这家茶屋，还有眼前为我们表演的艺伎，她们不会随意接受邀请，如果不是相熟的客户，或没有声誉极高的介绍者，她们是不会应邀前来表演的。

第二天我们前往伊势神宫，下午两点左右我们终于到了，每个人都又饿又急，天气也不太好，但是没办法，还是要将这次的朝圣之旅一步步走完。伊势神宫位于一个叫山田（今伊势）的地方，这里的风景非常漂亮，大山上郁郁葱葱地种着很多日本柳杉，溪水流淌于其间，柳杉与加利福尼亚红杉看着很像，不过没有红杉那么高。

山田的伊势神宫经常会挤满成千上万的朝圣者，他们拿着旧式的地毯袋，十分虔诚地伫立着。向导告诉我们，女士不需要为此专门准备衣服，于是爱丽丝化了淡妆，还借了一件礼服大衣和礼帽，来这样的地方总是要正式一些的。我们来到这里之前，东京那边就已经给伊势神宫里的神职长官寄了封信，告诉他我们要来的消息，因此我们获得了一个小时的参观时间。

伊势神宫最外面的大门是鸟居所在，净化仪式就从这里开始。仪式中需要使用到一个杯子和一个盆，里面装上了水。首先要净手，之后神职人员为我们撒盐驱邪。净化仪式过后，我们走到了栅门处，却被告知，女士身上没有穿着"参拜服"的话，是不允许进入的。不过爱丽丝此时与帝国大学的教授享受同等待遇，所以这次她被放进去了。在我们前方，有一个宪兵一直在大声吆喝，让当地的百姓为我们让道，我们则缓缓地跟在神职人员身后。这一段路上铺满了石头，这些石头都是专门从海岸边带过来的，我们走过一段木桩栅栏，前方不远处就是下一道大门。我们受到的待遇还算不错，爱丽丝被允许靠得更近一些，她比我们的向导还要靠近大门。

之后就是礼拜，但其实只是鞠了一个躬，很快就直起了身，与我们的向导比起来，我们并不虔诚。向导起码在大门前伫立了15分钟，爱丽丝觉得我们的鞠躬有些不光彩。

人工与自然的奇妙结合

　　离开奈良之后，我们去了京都，你也可以称我们是在日本的"佛罗伦萨"，但是相比起意大利的佛罗伦萨，这里能见到的东西显然更多。第一天在下雨，一个雨天对接下来一周的参观计划来说是一个很不错的开始。

　　我们去了一趟山内商店，在我的旅游经历中，山内商店是最好看的一家商店。这是一个很传统的日式建筑，店内的装饰也非常具有日本特色，里面的家具都是最好的，还有各种各样、被按照风格分门别类摆放好的工艺品，它们实在是太漂亮了。我选中了一块红色的方格状织锦，织锦上的红色并不鲜艳，是陈年红色，中间搭配着金色和深蓝色的图案，是牡丹花还有鸟。店家信誓旦旦地向我保证，这块织锦的历史超过100年，它原本是佛寺住持身上衣服的其中一块，是左臂上的装饰物。这块织锦全长大概有1.5米，一边宽一边窄，缝制的方式非常巧妙，边角处也被细心地绕开了。整体缝制得非常平整，许多条纹都被缝到一起。

　　除此之外，我还买了一块紫色织锦，上面的图案依旧是牡丹花和鸟，织锦上的图案我偏爱牡丹花和鸟，并不喜欢那些非常小的花儿。店里还有很多非常精美的织锦，我买的两块织锦都不是最漂亮的，之后我还要去中国，我希望能在中国买一块更好的。我又买了一套灰色的陶瓷茶具，表面装饰着蓝色的花纹，茶具包括一个茶壶和五个杯子，只花了15美分。现在这套茶具已经放在我的房间里了。接下来我们将会去参观原始寺庙，那里是茶道的起源地，能够欣赏到由高级神职人员为我们表演的茶道仪式。

最近的天气很好，春意盎然，我们到达这里时，京都樱花的花期已过，樱花大部分已经凋谢了。京都离山更近，相比起来，佛罗伦萨的山还是矮了点，大自然的美妙之处全都汇集在了京都。对我来说，此时此刻的京都，就是天堂。我们会在京都逗留一周，之后还要前往大阪。大阪的木偶戏很出名，还有专门的戏剧学院，之前提过的雁治郎就是戏剧学院最优秀的演员。据说木偶戏是日本表演的源头，如今剧场表演里还保留着很多从木偶戏中学来的动作。

在人工与自然的结合上，京都做到了最优秀，这是许多人梦寐以求的地方。各种规模宏大的寺庙，木头上画满了精致的图案，还有一些历史悠久、我无法辨认的雕像……这儿的一切都令我着迷，或许真的存在多重世界，不然这么多思想和感觉是如何一同存在于这个星球上的呢？要不是亲眼见证过，我永远都无法知晓它的全貌，甚至可以说，即使是现在，我还是知之甚少。

我们参观了一个有1000年历史的庭园，虽历经风雨，却未有改变，从建成之初到如今都是一样的，这个庭园借鉴了古代中国和印度的建筑思想。由于年代久远，虽然京都的很多寺庙外表的朽烂是不可避免的，但重要的是其中的艺术——这内在的意义被完美地保存了下来，丝毫没有损坏。

茶道的发源之地——日本的第一座佛寺，便是模仿古代中国的山水意象建造的。那个时候的中国正值鼎盛时期，日本的禅师向中国学习了很多有意义的东西，这里的风光非常具有古代中国的韵味。有人说，即使是现在到中国去，也看不到原景是什么样的了，那里没有人保护，年久失修，让所有抱着希望前去欣赏的人都沮丧而归。50年前还有人来奈良宣传，只需要50日元，就能建造出一座五层楼高的宝塔。不过日本人已经及时清醒过来了，他们现在已经意识到这些文物有多么珍贵，虽然之前有很多旧寺庙的建筑材料被人转手售卖，但并不是全无希望，现在已经被找回来许多了，有一些寺庙又被重新修建好了。

这里有一口三米多高的钟，我想这口钟应该是世界上最大的钟了吧，从前我听说过的最大的钟也不过两米多高。最开始的时候，这口钟是被拖到山顶来的，现在它在被挂在钟楼里的一个巨大树干下。这座钟楼的结构宛如花朵，屋顶是螺旋向上的。等到下个星期六，我就能听到这口钟低沉的声音了。我很喜欢听钟声，钟通常是用青铜铸造的，敲响它，你就能听到一种低沉美妙的声音，这声音能直达人的内心，神圣而庄严。

这里的大部分壁画早就被破坏了，但是万幸的是，其中的字画、屏风还有一些工艺品还是完整的，依旧是精致美丽的。过去的我什么都看不懂，将一切文物视为歪歪扭扭的东西，现在我已经不会这么想了，我能感受到其中的美，还有厚重的文化沉淀，这让我在欣赏这些文物的时候，感到由衷的喜悦。倘若有一天，人们发觉画中的树木与自然界中深深根扎在泥土中的树木一模一样，那么他们的审美就已经大大提高了，这个时候，无论是真实的自然，还是人工描绘出来的自然，都能被他们好好欣赏了。

午饭是与D女士一起吃的，她为我们讲述了一些日本女孩的故事，这些年轻女孩们为了追求教育吃尽了苦头，她们付出了很多努力。假如我的女儿们能够听到这些故事，她们肯定愿意把自己的耳环卖掉，然后资助这些在求学之路上走得格外艰辛的理想主义者。对于日本来说，这些女孩就是开拓者，就像我们祖国披荆斩棘的祖先们一样。D女士希望我们在听完这些故事回到美国后，能够到教堂里去向信众转达，他们要是愿意资助，可以把钱寄到这里来，帮助这里的女孩们获得教育机会。

之前我们到处游玩的时候坐的是市长的车，第二天我们发现大学为我们专门雇了车，他们对我们的招待可谓尽心尽力，以我们目前的身份来看，本不应该得到这样的优待。毫无疑问，这些人对待我们时所展露的高贵品性，值得我们抛下民族与国家的局限给予他们同等的对待。

难以抑制的好奇心

我们住进了一家酒店，这里的风光非常秀丽，靠近大山，条件没有奈良的那家酒店好，不过这也是正常的。在奈良时，我们住的酒店是帝国铁路系统直接管理的，档次很高。大学那边派了一辆车接送我们，这次要去郊区，那里有一处赏樱胜地，但很可惜，现在樱花的花期已经过了，我们来得太晚了。除了樱花之外，这里的其他景色也非常优美，流水潺潺，山脉层峦起伏，绿树片片。很多人来这里度假，我见到了一人群之前能常常见到的人们，他们正在享受生活。我从来没有见到哪个国家的人能像日本人一样，把每一天都当成节假日来度过，无论是什么阶层的人，此刻都聚集在这里。我认为他们这样的度假方式真的很好，在户外和茶屋，他们能享受到不同的乐趣。

这里有一所训练学校，它的附属剧场将会在这个月开展一场十分特别的艺伎舞蹈表演。我们慕名去观看了一场，整场舞蹈是四五个小时，我们之前欣赏了不少舞蹈，无论是在剧场里观看的舞蹈，还是在奈良观看的艺伎舞蹈表演，都远远胜过这次，她们的舞蹈动作过于机械化，并不灵活，看上去只是单纯在摆姿势，这是她们的缺点。优点也是有的，舞台布景的变化十分迅速，舞台上的色彩搭配也非常巧妙。这其中有八幕布景，变化得相当迅速，间隔的时间不到一分钟。她们运用了很多不同的方式来更换布景，每一次的换幕方式都不重复，有时候幕布直接通过活门垂了下来，有时候在幕布前挂上一层类似帆布的东西，等到将前面这层掀起来，观众才会惊讶地发现，后面还藏着绘有图案的一面幕布。

受市长的邀请，我为这里的教师们发表了演讲，演讲完毕，市政府的人邀请我们去享用晚餐，这次也是日式晚餐。市政府有一辆汽车，这似乎是他们唯一拥有的汽车，平时无人使用这辆汽车的时候，我们就能使用了。他们的招待非常周到，这令我们十分感动。接下来他们还计划带我们去瓷器厂和纺织厂参观。京都作为日本的工艺品制造中心，无论是现代的还是旧式的，在这座城市都能找到非常优秀的作品。

之前我们向大学表达过想要去京都御所参观的意愿，大学联系了京都方面，为我们争取到了京都御所的准入资格，虽然这里也是皇居，但是听人们说，京都御所是比不上名古屋城的，但是我们与名古屋城失之交臂，现在也只能带着遗憾去欣赏京都御所了。

奈良之行我们将很多时间都用在了参观法隆寺上。寺庙远离市区，1300多年前，佛教文化刚刚传播到日本，法隆寺就是那个时候兴建起来的，可以说这里是日本佛教文化的大本营，历史悠久意味着这里的艺术与文明也绚烂丰富。法隆寺里还保存着1000多年前的壁画，但是经历过时间的冲刷，壁画已经褪色了。寺庙里的雕像都是用木头雕刻而成的，这里没有大理石做的雕像。我们看到了圣德太子的雕像，圣德太子为佛教的传入做出了很大的贡献，他是一位怀有虔诚之心又早熟的绅士。寺庙里还存放着很多他各年龄段的雕像，这些雕像都十分受人喜爱。法隆寺是开放的，这里的朝拜人数众多，成百上千的人来到这里，他们是抱着虔诚和愉悦的态度前来。我认为在这一点上，意大利的农民无法与他们相比。我们还去参观了大住持的庭园，在那里吃了午餐。大住持虽然很繁忙，但是招待我们的时候依然是礼数周全，他穿着华丽精致的长袍，为我们送上了茶水和米糕之类的小点心。与精美得仿佛一件艺术品一样的古代寺庙相比，这庭园的面积不大，但更生动活泼一些。墙外传来击鼓声和吵闹声，隐隐约约还能听见更远一些的地方传来叫卖鸡蛋、火腿的声音。庭园存在于流动的时间内，而寺庙仿佛永远是静止的，这又是一件我在日本发现的趣事。

E小姐，即使是与美国女人相比，她也算是比较高的，这对于日本人来说，简直是奇观一样的存在。我想日本教育唯一没有压制住的就是日本人的好奇心，为了多看几眼外乡人，他们总是把我们围起来。我记不清有几次了，很多父母都把自己的孩子叫过来观看，仿佛他们正在欣赏一场秀。人们缓慢地围绕着我们走，把我们从头到尾细细打量一番，以确保没有落下什么，不过他们并不无礼，只是单纯感到好奇罢了。吃完早餐之后，我们要去一趟博物馆，曾经围观过我们的几个女孩出现了。这些女孩都很友善，脸上挂着纯真的笑容，看起来非常动人，她们要与我们一同前往博物馆。

一场满足胃与心灵的歌舞盛宴

　　我们参加了一场艺伎宴会，市长和十几名市政府里的官员负责招待我们，在京都市这样招待一名学者是前所未有的，因此我有些飘飘然了。爱丽丝也充满了自豪感，因为从来没有一个女人能够出现在日本男人的狂欢之中，在某种意义上说，她算是第一个。

　　为我们表演的艺伎人数很多，各个年龄段的都有，上至50岁，下到11岁。其中有一位年纪比较大的艺伎是这座城市里最优秀的舞者之一，她为我们带来的表演是一场哑剧舞蹈，这实在是太精彩了，但是比她的舞蹈更让人惊讶的是她的经历。她曾经入过狱，官方理由是她参加政治活动，但其实她只是花费了许多金钱想要帮助她喜欢的人获得选举胜利罢了。但这依旧违反了日本的法律，日本法律是不允许女性参与政治活动的。当她的情绪平静下来之时，脸上的表情便变得有些悲伤起来。当她为应酬而忙碌起来时，这样的悲伤表情就消失了。

　　我敢肯定，眼前这些女子都是最优秀的，她们被精心培养着长大，交谈时镇定得像一位公爵夫人，但同时又保留着孩子般的良好秉性，因此催生出了一种十分特殊的气质。其中有个女孩才17岁，嘴唇鲜艳如玫瑰花蕾，着装打扮包括她跳舞时摆出的姿势都很像旧照片里的美人，看得出来她很喜欢小孩儿，还特意询问爱丽丝有几个孩子，爱丽丝告诉她有五个孩子，得到这个答案之后，女孩看起来非常高兴。女孩们通常是到了宴会尾声才出来的，既不吃饭也不喝酒，单纯只是为了表演而来。有一位11岁的女孩表演的是名为《登富士山》的舞蹈，她似乎在模仿登山的姿态，腿部的动作尤其优美，让人看了这段舞就感觉如同是与她在一同攀登富士山一般。时间过去了一半，她终于稍做休息，此前女孩戴上了一个向外凸起的面具，脸上都是汗水，她摘下面具细致地擦了汗，又用清水洗净脸庞，并给自己扇了一会儿风，接着就又开始表演了。这一次女孩表演的是平足舞蹈，她的姿态端庄优雅，小细节处理得也很到位，自有一种阴柔之美。眼前见到的才是最美好的，极致美丽的事物一般都无法用言语表达清楚。结束表演之后，女孩坐到了爱丽丝身边，刚刚跳完舞，她的皮肤还泛着一层红色，大家都对女孩彬彬有礼，十分友善。

刚到场时，我们脱了鞋，穿着袜子进了餐厅，然后被人带到一个小房间里。因为客人还没有到齐，所以提前到的一部分人就都被安排在这个小房间里等待，小房间里有坐垫，还有人送来了茶水。这一次没等太久，大概六点钟我们就离开了小房间，进了一个很宽敞的房间，里面的装饰很华丽，四面都布置着金色的屏风，窗户前挂着纸制的能够滑动的拉窗，整体造型非常漂亮。坐垫之间的距离也都是计算好的，大概是一米，分别朝向房间的三个位置，中间的地方是给那些受到礼遇的外国客人坐的，他们不必按照日本的礼节跪坐着，可以坐在垒起来的坐垫上，在这一点上也算是比较细心了。与在座的客人寒暄了一番，彼此之间也多了些熟悉感，不过我们并没有按照他们的礼节鞠躬，那样的鞠躬方式对我来说实在是有些困难，所以最终选择了握手。打过招呼之后，有侍者膝行而入，她们的动作很快，看上去仿佛是在地上滑着进来一般，每个人都捧着一个小桌子，按照顺序，我第一个拿到了桌子，爱丽丝是第二个，接下来才是市长，之后是其他官员。市长没有坐在我们旁边，而是在这一排的最末尾，等到所有人面前都有小桌子之后，市长才起身走到了中间，说了一段欢迎致辞，他向我诚挚地表示，能够有一位如此尊贵的客人愿意赏光来到京都，这是他的荣幸，因此这样的招待方式也是对我的一些敬意，我连忙起身，回以感谢的话，两人互相客气了一番，晚宴才算是正式开始。

市长回到了自己的位置上，我也坐下开始就餐。汤碗是漆制的，上面盖着一个很可爱的盖子，我掀开盖子喝了一些汤，才拿起筷子夹菜。日本人喜食生鱼，来到日本之后我也吃了很多回，我对这样的食物并不排斥，今晚也有一碟生鱼片，我夹起一片，蘸了酱油放进嘴里，生鱼片的口感滑溜溜的，味道还不错。今晚的第一道汤是用一种很少见的海龟制作的，这种海龟的肉脂肪很多，很美味。喝完汤我又夹了一片生鱼片，向导看见我连吃了几片生鱼片，便小声劝告我不要吃太多，因为外国人之前很少吃这种食物，忽然吃太多肠胃可能会不习惯。

之后侍者端来了一个漆制的盘子，小心翼翼地放在了我旁边的地板上，盘子里面还放着一个比较小的浅盘，也是漆制的，上面放有两片炙烤得恰到好处的鱼片，旁边有两个里面卷着鸡蛋糕和鱼粉、外面包裹着樱桃叶的装饰物。这样的摆盘和色彩搭配无疑是非常出色的，这一盘食物更像是一件艺术品，仅仅从视觉上就带给食客美的享受。据说上一位天皇尤其喜欢这样的菜式，看到这种菜式，没有哪一位食客会批评天皇的嗜好。这盘食物都是用味酬烹制出来的，之前我们就接触过这种调味料，味酬是从酒中提取出来的，味道很甜，非常适合用来烹制鱼类，用竹筷把其中的鱼刺都剔除掉之后，你可以吃掉整条鱼。

当这样的盘子被端到客人身边的时候，就会看到一个身穿颜色亮丽长款和服的女孩缓缓地走过来，和服很长，通常会铺在地板上。女孩的手上端着一个漆制的托盘，上面放着一个蓝白相间的小瓷碗。跟在女孩身后的是几位年纪稍长的舞者，她们的步子很小，脸上带着浅浅的微笑，为客人斟酒时，深深地弯下腰，面向地面鞠一躬，还特意说了些祝福在座各位健康的吉利祝酒词。有些人劝我不要再喝了，不过这些日本人却完全没有要停下来的意思，还在一杯接一杯地喝，有时候嘴唇还停留在杯沿去啜饮杯中的酒，手就已经伸出来准备接过下一杯了。

谈话在美酒的助兴中变得有趣起来，晚宴的气氛活跃多了，女孩们也不再拘谨，纷纷加入到谈话之中。有些人表示，这些女孩大概是全日本仅有的称得上有趣的女人了。在场的大部分都是男人，除了爱丽丝之外，见不到其他人的妻子。爱丽丝观察得很仔细，她对这些女孩十分好奇。女孩们确实被培养得很好，因为要随时注意客人的需求，所以她们经常要在全场游走，但是走动的过程中，却几乎没有动静，那一点儿细微的声响也很快就被谈话声湮没了。她们十分敏捷，而且总是面带笑容，细致地观察着所有客人，看到我们不再喝酒之后，便拿了几瓶矿泉水过来。

这之后她们便开始跳舞。有两个17岁的女孩跳的是《京都东山的黄昏》，无论是在名古屋、京都还是在日本的其他地方，大自然都是永恒的主题，这些主题通常都是围绕着大自然来进行描写。虽然很简单，但是其中的古典气息非常浓厚，因此也非常受人喜爱。两个女孩表演完毕之后，一个很年长的出名舞者为我们献上了一曲《护士哄孩子入睡》，这主题有些微妙，不过还是很受大家欢迎的。

女孩们虽然年轻，但是着装上还是与成年女性一样选择了深色系的衣服。不过其中还是有一些不同点，这些差异都是规定好的，比如年轻艺伎的腰带花样更多，长长的腰带即使系得很紧依然能够垂到地上，她们的发饰非常光鲜亮丽，袖子也很长，大部分艺伎背后衣领都开得低低的，和服经常是拖在地上，宛如围绕着一圈浪花一般。不过，有很多年轻女孩在正式场合也会穿上长袖子的和服。

　　菜肴中的鱼类很多，除了前面提到的几道之外，还有几道很特殊的，其中一道是搭配了水果一起食用，里面有草莓、橙子，还有几块薄荷果冻，中间还放着几片甜甜的甘蔗。除了鱼类之外，还有很多贝壳，种类繁多，色彩也很鲜艳，唯一的缺点就是食用起来很麻烦。之后是一道沙拉，里面有酸黄瓜和虾蟹，混合起来味道很棒，其实酸的食物跟鱼类搭起来吃味道也不错。最后上来的是米饭，依旧是用一个很大的漆制的盘子端上来的，上面还有一个圆筒形的盖子，由年长的艺伎为我们盛饭，年轻的艺伎则负责将盛好的饭一一递给客人。艺伎们的姿态非常优雅，不需要走动的时候，便跪坐着，等待起身之时就轻松地站起来。她们起身的动作很是飘逸，仿佛身上没有重量，只需要脚趾轻轻一动就起来了，我对此感到惊叹，毕竟来到日本这么长时间，我依旧无法习惯跪坐。日本人十分钟爱米饭，大部分人都吃了满满的三碗饭，并且很快就吃完了，虽然这儿的米饭确实很美味，但是我还是习惯只吃一碗。

　　整个晚宴过程都非常友好，常常会有一些绅士从他们的座位上起身，专程到我面前来，跪坐着问我一些问题，大部分都是问我对于日本的印象是什么，还有喜不喜欢艺伎们的舞蹈表演。爱丽丝觉得她与这些艺伎已经算得上很亲密的朋友了，因为她们的态度非常友善。虽然我们之间语言不通，彼此之间只能听懂一些最基本的词汇，例如"你好""谢谢""再见"之类的短语，但是她们总是笑着望向我们，偶尔爱丽丝会试着说几句日本话，虽然很笨拙，但是艺伎们也不会嘲笑她，总是微笑着表扬爱丽丝，称赞她的发音十分标准，而艺伎们也能通过旁人的转达听懂一些英文，明白我们想要表达的意思，这样的交流让人感觉非常舒服自在。

　　晚宴中，经常有人劝告我们不要吃太多，或许是怕我们的肠胃不习惯。有一道菜我很喜欢，吃到一半时，侍者端来一份热气腾腾的蛋糕，但是这种蛋糕并不是用牛奶做的，而是用肉汤做的，其中的配料则是各种各样的当季蔬菜，这种蛋糕的味道也很好。现在我不仅习惯了各种鱼类料理，还变得非常喜欢。

晚宴结束之后，我们离开餐厅，汽车就停在门口，上车之后，还能看见年轻的女孩们站在外面向我们道别。虽然已经下起了雨，但是她们丝毫不在意，就站在雨中向我们挥手，这是属于美国人的道别方式，一直到汽车离开她们的视野范围，我想，这些女孩接下来还要再回到餐厅为其他的客人跳舞，即使已经如此疲惫。

今天我还了解到一件事，在京都附近一个叫作宇治的地方，栽种着日本最好的茶叶。我在市政厅的一场演讲结束之后，有官员就将这种茶叶赠送给了我。这种茶叶的特性很奇怪，生长的地方越是危险，茶叶就长得越好。而且宇治的茶叶有别于一般的茶叶，带着一股独特的芬芳，有些酸味，有点儿像柠檬，但是丝毫没有苦味，茶叶泡出的茶水则非常像一种不甜的雪莉酒，味道很不错。这种茶叶的价格很昂贵，我要多买一些带回到美国去。

曾被禁锢的歌蝴蝶

在京都之行中，我们还去参观了很多所学校，其中有男子小学，也有纺织学校和女子高中。此次乘坐的车也是属于市政府的，与之前的几次出行并没有不同。

男子小学对我们的态度很尊重，还特地在学校门口的日本国旗旁加上了一面美国国旗以示敬意。学校还组织学生为我们展示技艺，其中有个表演日本鼓的孩子很优秀。

纺织学校专门教授学生纺织、染色和设计等技艺，不过这所学校的学生并不多，原因我不太清楚，或许是因为学校的教学质量还不具有竞争优势吧。学校里的纺织机器看起来也有很多问题，似乎是德国人在转卖机器时动了手脚，所以这些机器价值并不高。学校里还展出了很多工艺品，即便是最出色的工艺品也是手工完成的。

随后去的女子高中看起来就跟日本的大多数学校一样，非常漂亮，而且学生也很优秀。这所学校是与一所专门培养普通高中教师的女子学院合并在一起的，尤其受京都精英们的青睐，他们经常会到这里来。学校的主要课程是家政学，学生们的手艺都很不错，我们在这所学校里享用了一顿由学生们准备的日式午餐，味道很棒。

学者在日本向来都极受敬重，人们会仰望，而不会轻视，因为这个身份，我的日本之行也顺利许多，我曾在帝国大学演讲过，之后在正式场合人们都称呼我为"阁下"。大阪对这方面也很重视，不希望输给京都，所以我之后还要去一趟大阪为那里的教师做演讲。

酒店由大阪市政府为我们提供，市长会与我们共进晚餐，爱丽丝依旧是唯一能够出席的女士，日本男人从不带自己的妻子一同前往正式场合。在这一方面，外国女士的自由程度要高出许多，不需要被日本的礼仪所束缚，也能够做一些在日本人看来比较出格的事情，日本人不会对外国女士多加干涉，依旧会礼貌对待。我们在日本接触到了很多不同的人，女性中似乎只有艺伎受到的教育比较完整，我并不是指从书本上汲取的知识，而是与人交流的技巧，她们善于也愿意与人交谈，懂得许多人情世故。我想日本男人之所以喜欢参加这种晚宴，多半还是因为与艺伎交流能轻松愉快一些，家中的妻子虽然温顺听话，但是这样俯首帖耳的姿态见多了总是会厌倦的。

有一位晚宴中的艺伎令我记忆犹新，她的名字是歌蝴蝶，与这样优美的名字相比，她的昵称则更让人惊叹——"宪法"，听到这个名字，或许很多人都会与我一样，认为她对政治方面很感兴趣，有些人还会觉得她比较倾向于自由主义。她确实因为掺和政事而入狱，听到这个入狱原因时，在场的所有男士都不由自主地坐直望向她，这对一个女人来说简直是一段传奇的经历，况且还是在日本这样的国家。不过结果显然让很多人都大失所望，她去贿赂投票人只是因为她想要给自己的意中人拉票，并不是大多数人所想的伟大理想。但即便是这样的入狱原因，她的入狱经历也给她蒙上了一层神秘色彩，甚至有许多人还认为她很有趣。有这样的经历，她成为当地名人也不足为奇了。

在大阪的演讲还算顺利，有一场很成功，演讲场地是一个大学的大厅，大概持续了两个小时，我并没有感觉到时间漫长，反而觉得十分开心。讲桌的两旁摆放有两盆植物，一盆是粉色的杜鹃，另一盆则是矮松，它们的高度相仿，大概都是一米半，形状被修剪过，看起来非常整齐漂亮。美国人对于矮树或者灌木这样的植物了解并不算多，因为我们通常只能见到标本。但在日本，这样的植物则十分具有存在感。它们无处不在，我参观过的每一间店都能看到它们的踪影，在那些堆积如山的货物中间，时常能看见这些小家伙，有些时候像这所大学的大厅里一样，摆放的是杜鹃和矮松，有些时候是桃树和李树，还有红梅。有一次我在暖房里看见了一棵李树，上面已经结了两个小李子；我也曾见过一些体型小巧的橘子树，上面挂着很多黄灿灿的果实；还有一种白桃花，我觉得这简直是最可爱的一种花，它与玫瑰一样都是重瓣花，是被精心培育出来的成果。

日本之行到此也差不多结束了，我们乘上了"熊野丸"号，接下来就要前往中国了。海雾逐渐散去，眼前的视野顿时开阔了许多，能够看见岸边山脉的清晰轮廓，而在船的另外一头，我还看见了淡路岛。由此可知，我们现在大概是处在两座岛屿的中间位置，我想起了圣劳伦斯河，这儿的地形很像那里的千岛河段。现在这个位置能够看到一部分濑户内海，陆地的轮廓十分清晰，或许已经到达内海入口了。

甲板上站着很多日本夫妻，都在远远望着海上的风景。女士们的脸上都涂着粉，整张脸看起来十分白皙。如今船只已经驶离日本，所以女士们不必再用羽织遮掩腰带，这让她们的仪态变得好了很多。在东京的时候，大部分女士看上去都有些驼背。我觉得她们的袜子很有意思，大部分日本女人的袜子长度都不会超过膝盖，所以在走路的时候要十分注意，不能把没有被袜子覆盖的那部分露出来，但是这样，走路的姿势就会很别扭。为了不影响到和服前面的下摆，她们会把袜子提得高高的。日本的袜子底部很厚，穿到脚上的时候却没什么感觉，因为不同于普通的袜子，这种袜子特意把大脚趾与其他的脚趾分开了，只有穿上这样的日本袜子，我才恍然大悟，大自然为人类创造出的脚趾还是能够派上用场的。当人们穿着袜子走路的时候，脚趾会牢牢地抓住地面，这样就能走得非常平稳。我这次到中国去还特意带了一套棉制和服，不出门的时候，可以在自己的房间里穿；天气要是变热了，还能穿上厚底袜子。如果和服能够采用更轻盈的材质来制作，又去掉腰带，那么穿起来肯定会非常凉爽透气。日本有一种近乎透明的薄丝，是日本纺织业生产出来的最漂亮的衣料之一，不仅外表美丽，还非常实用，这种衣料很坚韧，经年不改其形状，还不容易被磨损。

看到甲板上的这些日本女士，我不禁又想起了日本的艺伎，她们的着装是一身黑色。日本女士出席仪式的时候，也会穿这种颜色的衣服，不过艺伎会装饰一下衣服的底部，使其看起来更加漂亮。我见过很多年纪不大的艺伎，有些甚至还不满八九岁的样子，但是已经穿上华丽精致的衣服，梳着复杂漂亮的发型，还要学习很多东西了。樱花开放之时，她们会把衣服的颜色换成孔雀蓝，那颜色也非常亮丽显眼。在大阪时，我也见到了那里的艺伎，她们在衣服上装饰的是金子做的蝴蝶，有各种各样的颜色。三弦琴的演奏者则不太一样，她们的年纪较长，衣着也比较朴素，通常会身着全黑或者纯蓝的衣服，负责击鼓的大多都是年轻人，所以她们穿的衣服颜色也更显眼。艺伎们的牙齿状况不太好，我还特意询问过她们是否去染黑过牙齿，日本旧时候有这样的习俗。当然，最令我印象深刻的还是她们的舞蹈，那样轻盈飘逸的舞姿，就犹如一段诗一般，所有舞蹈的主题也很细腻，你能从她们的舞蹈中感受到很多微妙的东西，其中的思想和行为都是极为细致的。有人说，在这个世界上，艺伎是最无私的一群人，我想这句话不仅适用于艺伎，同样可以拿来称赞所有的女性，她们的付出与收获永远都不对等，明明辛勤地劳动着，却总是无法进入大众的视野，这背后一定有许多不为人知的苦楚。有人问我对艺伎的看法，我诚恳地告诉他："她们做的很多事情应该得到赏识，然而她们并没有得到。"日本人则并不承认这一点，他们说："并不是这样的，我们常常在心里称赞她们，只是从来没有表现出来罢了。"

CHAPTER 4

了解日本

——真实的日本是这样的

离开日本之后，我开始了中国之行。假如你对日本感兴趣，那么后续是绝对无法避开中国这个话题的。无论是过去还是现在，日本与中国都有莫大的联系，即便只是为了完备关于日本的知识，也应该了解一下中国。

在日本国内，我能感受到的东西比较有限，大多数都是关于这个国家和人民的特质，各地旅行、与日本人的交流都让我对日本的印象丰满了起来。离开日本之后，我的视野则变得更加开阔。战争期间的国际局势十分紧张，国与国之间的联系相当密切，日本的外部与内部都有不同程度的危机。

中国之行也会给我带来一些启发，或许能够让我对日本有更深层的了解。

日本的危机

从日本到中国乘船需要三天的时间，这段路程并不算漫长，但是这段距离带来的差异竟然是如此巨大，即使是从旧金山前往上海，你也无法感受到这样大的差异。我所提出的差异并不在于两国的生活习惯上，我要说的是一些精神层面的东西，比如信念和信仰。

在日本时，我能很轻易地感受到一种紧张的氛围，这个国家并不是坚不可摧的。它给我一种犹豫和脆弱的感觉，这也是很正常的，毕竟日本正处在变化的过程中，人们并不知道这样的改变会将整个国家带往何方，对于未知，人们总是会感到惶恐。有些人已经预感到自由主义即将来临，但是真正的自由主义者却仍旧陷在困境中，被重重包围着，日本的军国主义分子此时已经完全主宰了日本，他们轻松地为自由主义盖上一件神权罩袍，又极为熟练地把这件罩袍扔给皇室和政府。

假如你对日本有足够的了解，那么你一定会得出一个结论——日本是一个十分拘谨沉默的国家。这一点某些对日本一知半解的美国人是不会明白的，他们或许还会误导你，告诉你这只不过是日本人在装模作样，他们是故意装出这副样子来欺骗外国人的。只要是个明白人，都能看出日本人绝对不是装装样子，假如他们以这种态度面对外国人，那么肯定是因为这种沉默和拘谨已经深深扎根于他们的社会传统之中。一个充满同情心的外国人很容易就能与日本人就其他事情进行交流。这样拘谨的品性已经刻在了他们的大脑中，这是由礼仪和习惯还有那些传统的仪式塑造而成的。每个日本人的性格之中都潜藏着这样的特质——除了一些受到外国人影响的日本人，他们会尽力将性格中的这种特质驱除，这样才能恢复人应有的原状。简单来说，日本人更习惯于做事而不是夸夸其谈，他们在闲聊上的天分并不多。

目前日本的脆弱感有一部分原因是它的经济形势——日本对于国外市场的依赖性太大了，但这也是无可奈何的，其他国家在这方面则考虑到了自身的安全，多半不会像日本一样这么依赖国外市场。但是日本国民生活标准还不高，所以购买力也不强，日本大量购买的通常都是原料还有食品。战争扭转了日本这方面的形势，国内的制造业和贸易活动的独立性已经大大增长了，虽然日本已经累积了很多财富，但财富依旧掌控在少数人的手中。

还有一部分原因是与日本的劳工处境有关，日本似乎已经察觉到它正处在一种进退两难的困境中。劳工们陷入困境，日本国内罢工的情况层出不穷，形势已经相当紧张，然而要是日本选择贯彻《工厂法》，并规范妇女儿童的劳动，这无疑是很体面的一种做法，那么它就将失去最后的优势——廉价劳动力。廉价劳动力目前还在帮助日本抵消那些不利的部分，要是失去了这一优势，日本恐怕会陷入更深的困境中。

当前的国际形势中，日本正处于被逐渐孤立的危险中，德国和俄国现在已经垮掉了。大部分人讨论起日本的外交政策时，都能感觉到其中充斥着的焦躁不安和紧张的氛围，他们已经对旧的信念产生了动摇，想要开发出一条新的路线。日本现在的精神状态与20世纪80年代十分相似，日本的体制得以形成仰赖于学习德国的宪政以及军国主义，还有教育制度和外交手段。许多人都得出了差不多的结论，日本目前将所有的精力都放在了那些急需解决的问题上。目前国际力量似乎又要重新调整，但是日本以及与它交好的意大利和德国还不足以成为这种调整的重点，人们比较认可美国和英国，这两个国家之后将成为重要的主导因素。说到这里，很多人应该就能理解为什么日本的报界如此针对美国，那些抱怨还有攻击的声音已经盖过了其他的声音。

日本现在已经被视为俄国与德国的继承人，俄国在满洲里和外蒙古地区积累下来的财富如今已经全部到了日本的手里，俄国的希望和"功绩"已经荡然无存了。与此同时，巴黎和会中，日本又幸运地拿到了本应该属于德国的租界，还有一些租界是日本通过某些秘密协议从那些贪官手中拿到的，或许有些手段并不光彩，但并不妨碍最终的结果。在此基础上，日本的野心也渐渐涌现出来了。巴黎和会中，列强对日本的忌惮使中国没能逃脱这场劫难，但日本却趁此机会指责协约国对中国漠不关心，只有它才能成为救世主。

日本内部的压力巨大，经济困境使得它必须要向外施加压力。它在这个过程中向外渗透本国的工业，同时与一些变节的中国人做了秘密交易，它想要确保自己在东方世界的至尊地位。

日本的自由主义更像是一种形式上的东西，人们希望它能够创造奇迹。但是日本目前的革命或许只是一种外交策略，目的在于商业利益，军国主义国家之间联手操作。对于中国，日本发挥的作用大概只能是阻挡这个国家的发展进程。日本为自己找的借口实在是冠冕堂皇。

不论是中国人还是美国人，大家都预料到未来即将有一场大战，他们希望能够阻止这场大战的发生。但是日本的新闻界却企图营造出一种美国针对亚洲的氛围，在他们的讨论中，美国希望能够将亚洲弄到手。

经济制裁的威胁对日本有用吗?

日本非常希望能与美国培养良好的关系，这是许多演讲家与作家在与日本的领导人接触之后得出来的结论。但是对此美国还没有给出进一步的回应，日本也在等待美国的表态。但是，日本是一个既骄傲又敏感的民族，在对峙中倘若受到了压制，极容易与美国成为敌人。加之日本本身在经济资源上相当缺乏，它应对的方式便带上了一些绝望的态度，在极端的环境下，很容易铤而走险。为了避免从日本来的麻烦，美国完全可以用一种鼓励的态度让日本把所有的精力都放在亚洲方面。我认为日本还向美国同时传达了一个意思——日本还要进行扩张，它需要助力。外国资本是一个很好的目标，假如美国能够参与，那么日本也会回以物质感谢，这样一来美国同样不会有什么麻烦。

要想保持日本与美国之间的和平，就只能用贿赂或者收买这样的手段了。虽然某些最近比较突出的代表并不会直白地将这种手段说出来，但是在脑海深处，他们肯定都是这样想的。远东地区的合作关键在于美国，但是美国却无法直接地去处理这些问题，只能通过日本去解决在中国或者西伯利亚地区的大问题，或许之后美国会采取收买这样的手段，但总是无法杜绝那些抱怨的声音。

日本这个国家的领土面积非常小，但是人口却十分密集，而且目前看来还在持续增长中，按照宣传家们的意思，日本人口增长得非常平稳，每年都有70万人，虽然宣传的70万人与现实并不符合。日本官方只进行过一次人口普查，数量并不是70万人而是40万人，与这样众多的人口相比，国内的资源显然是不够用的。除了原材料稀缺以外，粮食的供应也不充足，对日本来说，必须把这些人口都向外输出，因此必须向外进行扩张。

除了美国人之外，英国人也在考虑这样的政策，即收买日本。采取这种策略确实能够使日本与美国能够保持友善的关系，短期来看，也能让美国的外交问题不那么危险，人们在茶余饭后也有了谈资，并且这种热情能够持续一段时间，日本也如愿以偿，得到了自己想要的东西。这个时候，让日本不满的加利福尼亚问题就根本不值一提了。不过长期来看，这只是一种假象，问题的恶化比我们想象的还要严重，最终也许会将全世界都卷进来，造成一个难以解决的后果。

美国不需要收买日本，英国的政治家们与我们的考量标准显然不同，他们考虑到了本国作为日本的潜在帮凶这一身份，他们的猜测目前看来还存在争议。即便不收买日本，美国也不会给自己带来麻烦。在日本，有一种自杀方式是切腹，但这只是个人行为，日本不会做这样的事情。日本是不会故意挑起与美国的战争的，这无疑是自寻死路。上一场战争之前，也许还有日本人不清楚这一点，但是从那以后，日本的有识之士都不会赞同对美国发起侵略战争，两国之间的资源储备简直是天差地别。但即使不收买日本，美国也不应当与日本有冲突，更不能激怒它。

日本是一个清醒的国家，它已经意识到自己在国际上是被孤立的那一个。日本很长一段时间都陶醉在自己的世界里，从这样的状态中清醒过来之后，又要面对本国的危机。假如它能够渡过目前的萧条时期，之后也不会陷入别的危机中去，那么它称得上是非常幸运的。除此之外，日本还意识到了对美国的依赖，美国还没有考虑到这一点，毕竟日本对美国的依赖程度要大得多，这是国际市场统计出来的结果，美国的消费使日本工业的运转得以继续下去，甚至日本在中国也要依靠美国的支持。

日本的自由主义目前正在快速发展中。但对于自由派人士提出的每一个恳求，我们都应该谨慎对待，不要轻信和挖苦，而是要去了解他们想要做什么。这种了解也不能止于概况，而要详细，应该详细了解那些规模比较大的、涉及工业与金融的利益集团现在正在做什么，如大仓、三菱、横滨正金银行。无论是哪个国家的利益集团，都不会与政府有如此密切、直接的联系，日本的自由派人士希望能够约束军国主义的渴望，但是这些大的利益集团为什么不是用自己的力量去引导政府呢？它们正忙着在中国和西伯利亚地区获利呢！

在讨论日本的时候，我们不能忽略地理位置这个要素，他们的传统与地理位置一样，都十分独特。很多西方人可能会忘记一点，日本不但与西方世界相距甚远，与亚洲的其他国家也有着一定的距离。日本在很长一段时间都极其排外，并且奉行闭关锁国政策。我不知道这对于日本人的心智有多少影响，但是从最近的战争情况来看，日本十分容易就能做到控制本国的舆论，它将所有的负面信息和反对它的言论都屏蔽在外；对内则一直宣扬日本对中国的所作所为绝对是正义的，日本民众对此深信不疑。要想让日本改变自己的政策，很多手段都是不可取的，即便是封锁或者展示武力，只会让日本的民众更加支持军方政策。或许有些人至今还认为假如经济受到影响，那些好战的国家就会停止发动战争，但是历史证明，这样的看法是错误的。以日本为例，这个国家或许是最不会忌惮经济损失威胁的国家，这样的威胁并不能对它产生震慑的效果。日本与某些惧怕经济损失的国家不同，那些国家的产业利益在国内有着至高无上的地位，政府是由人民选举出来的；日本的情况则恰恰相反，过去那些封建传统思想使日本军人在国内的威望很高，而内阁中军人的占比远远超过了平民，这样的事实就摆在我们的面前，希望通过经济制裁来制止日本的想法是很不现实的。

日本的军人此时正在将他们的牙齿磨尖，而国内的舆论则在为他们喝彩，就算我们能够制止他们，这样的成功也会给未来埋下隐患。按照日本的情形，它会怀着满腔怨恨蛰伏，而军人的地位在国内则会进一步上升。如果不成功，那么则会招致日本的报复，事态会失控，所以经济上的制裁除了制造怨恨以外，在很多地方都无法发挥作用，但要是再加上武装力量，结果可能会不同。日本现在已经从上海撤离，官方承认，这样做是因为如今的日本已经让世界上其他国家都产生了憎恨，有些人猜测日本或许真的是因为其他国家要实施制裁的威胁才不得不撤退。虽然我认为日本是一个非常自大傲慢的国家，这样的事情似乎不太可能发生。假如真的是因为这样而撤退，那么这个国家之后将会变得更加暴躁，也更好战，这对于全世界来说都不是一件好事。

臭名昭著的模仿大国

对于日本来说，影响其最大的国家毫无疑问是中国。日本向中国学习了许多东西，从模仿到自成一家，这个过程中到处都是中国的影子。日常生活中，日本人对待他人是十分礼貌温和的，他们的礼节也是从中国学来的。

对东方世界不了解的西方人可能会觉得中国人顽固保守，这是西方的固有印象。但通过我在这两个国家的经历，我发现中国人并不是顽固保守的，他们既不僵化也不呆板，他们是非常温顺、随和的，对环境的适应能力很强。但是相反的，日本人才是真正保守的那一群人，或许很多西方人会觉得很吃惊，但是事实确实如此。假如要我举例说明的话，日本的神权政治就是相当好的例子，已经经历了千年的历史更迭，但是日本却依旧保留着他们的神权政治，这种政治实在是太过原始了；还有一些其他的例子，日本向中国学习了很多东西，无论是他们的着装打扮，屋子内部的摆设，还是在席子上就寝的习惯，都是从中国学来的，但是中国人已经在这些方面改变了许多，他们的方向始终是追随着人们的需求而变化的，如今的中国人，很多习惯已经与过去大不相同了，但是日本人却依旧没有变化。

但有些地方，日本人却没有那么保守，这也为他们带来了转机。日本如今的发展过于迅速，亚洲的国家中，日本的发展速度是最快的，这都得益于日本人行动先于认知的觉悟。许多人在行动前都会有所考量，不希望自己的莽撞行动给日后带来麻烦，这样虽然非常稳妥，但绝对会落于人后；而日本人从不考虑最后是否会失败，也不会因为一些错误而停下来，他们觉得行动容易得多，最后的结果也必定会是得大于失，因此总是不断地采取行动，只是做事而不去想别的。

日本崛起的时间距现在不远，源于它对西方世界进行开放，前文已经强调过，日本的内部条件并不好，很多资源都稀缺，而且外部还有来自许多国家的压力，以至于它形成了一种特殊的形式——绝对国家。这样的形式我们也不陌生，因为过去的一些欧洲国家在制度演进的过程中也曾经出现过类似的形式。基于这些原因，日本十分容易变成一个中央集权国家，并且行政体制十分统一，它的军事防卫手段也会极为强大。

日本的民族心理也比较复杂，众所周知，1000多年前，日本从中国文明中汲取了一些东西，直到如今还能够保持日本的特色。而过去的60年中，日本还向西方文明借鉴了许多东西，或许很多人因此而认为日本会逐渐西化，但并不是这样的，只要去拜读一下日本作家和思想家的作品就会知道，他们一直保留着自己的日本情怀，他们的心灵依旧是原来那样，并没有被西化。日本出于想要增强自己的抗衡能力而引进了许多东西，如西方国家在科学、战争、外交、工业上面的方法和手段，对此日本是十分感谢的。但有意思的是，它并不打算承认西方国家的这些方法、手段的优越性，这样先进的方法、手段只是用来维持日本东方理念的优越地位，很多西方人认为日本实在是太过自负。

假如你想要看到一个十分完整的中国，除了要去中国以外，还要去日本扩充一下知识。在日本的许多学校等公共场所都能看到中国古代儒学大家的语录，日本人很喜欢这些，甚至有些如今看来过于保守和表现古代威权思想的语句也在。但日本对西方的渗透是非常警惕的，散布威尔逊总统关于战争的演讲在日本是被明令禁止的，日本始终认为，它从鼎盛时期的中国那里得来的东西是这个国家能够强盛的重要原因，并且直到如今依旧把这些东西保存得相当完整。

　　其实民族是否自大或虚荣只是一种很缥缈的东西，也许外国人会觉得高深莫测，但是身处自己的国家之中，只要表现出自己的尊严与骄傲就足够了。日本从中国那里学到了很多东西，也完整保留了许多，但两国人民始终是不同的，一个中国人会告诉你，日本人是没有"面子"这种意识的，例如日本人雇用了外国专家，就不会在过程中多加干涉，而是会选择放手让这些外国专家自己去做，因为他们在乎的是结果。日本人对于外国观察者的意见非常重视，并且会时不时地把自己当成一个外国观察者，然后以这样的角度去注视自己的国家，如果发现了问题，就积极去改正。假如听到外国观察者对自己国家提出了批评意见，他们就会立刻去改正受到批评的方面，他们为自己的民族理想感到骄傲。正因为如此在乎外国人的想法，所以日本的很多缺点都被纠正了，这也是日本能够快速进步的重要原因。但日本人缺乏自我分析能力，他们很少客观地评价自己的国家。

　　目前来看，日本的演变过程并不能给亚洲其他国家带来示范，因为其中存在很多问题，在此过程中它面临的难题甚至要比欧洲国家在封建时代面临的还要多。它从封建时代中挣扎出来也只是最近的事情，其中的封建残余很多，包括反对组织的猜疑和嫉妒，还有阶级分裂等问题。

　　日本人的模仿能力是世界闻名的。但在战争中，对于这种能力的凸显，更多人是以臭名昭著来形容的。日本的外交政策大多是从俄国那里借鉴来的，直到现在依旧带着俄国的影子。俄国曾经野心不小，20年前，应该没有人不知道它想要侵吞中国的北方地区，在日本打败俄国之前，许多国家都认为俄国很有可能得逞。或许大部分日本军国主义者以及官僚主义者在制定对外政策的时候，都认为自己正在严格遵守西方世界的外交模式，其实他们承袭的是俄国的模式。传统的俄国模式中包含大量的腐败与阴谋，还掺杂着暴力与欺诈，这使得英美诸国对日本的行为感到不满，但日本并不认为它现在的做法有问题，反而会觉得英美诸国的表态过于伪善，它认为外交"游戏"中应当有这些成分的存在。

日本曾经笃定地相信，只要它对亚洲有足够的掌控权，那么它就能主宰自己的命运，而不至于落入欧洲诸国之手，这条道路从前是它唯一明确的。但如今时代的变化非常迅速，日本国民的感情却跟不上了，所以他们依旧在被日本的军国主义者所利用，尤其是在世界大战爆发之后，日本的战略已经转为以进攻为主，防范的意识则显得越来越疏忽。

日本终归只是一个岛国，与其他亚洲国家不在同一片大陆上，目前预言家们也不敢确定日本的最终结局。人们对于它能否取得进一步的胜利始终抱有怀疑态度，毕竟一个孤军奋战的国家很难让人相信它是有利的。日本向西伯利亚进军的决定让人觉得实在太冒进，然而支持进军的军国主义者在日本国内却占据了相当大的优势。这场战争对于中国的影响也十分大，许多人认为，中国的前途是否能够光明一片，噩梦能不能结束，一切都要看西伯利亚决出的结果是什么。中国认为，虽然目前看来，日本已经占领了西伯利亚东至贝加尔湖地区长达数年，但是日本选择进军西伯利亚的决定仍旧是错误的，甚至可以说，日本越深入西伯利亚，最后的失败就会越彻底，这一点中国是深信不疑的。

日本正在"毒害"中国

　　到目前为止，很少有人了解到鸦片这种麻醉品在中国被大量散播这件事中有外国的责任，只有少数人对"鸦片战争"中英国的作用有一些模糊的印象。如今中国正在努力摆脱这种麻醉品，在对待鸦片这件事上，中国人展现出了无比的魄力。他们对待外来的冒犯者从来都是以智谋和技巧取胜，这五年间取得的成果简直称得上是一种奇迹，历史上很少会出现这样迅猛而彻底的全面改革，但是中国做到了。

　　目前中国方面对鸦片的管理非常严格，进口的数量都是根据医学上的使用剂量来规定的。但很快，还是有人为了暴利而进行走私，英国在其中负责制造以及贸易出口，日本则充当一个中间人角色。日本政府对于各种凭证的颁发是极重视的态度，日本官员要先开具凭证，证明这些由鸦片衍生出来的制品只会用在医疗上，出口商凭借着这份凭证才能拿到许可证，这些制品才能被运出去。但在中国的领土上，这些凭证实在是太好拿到手了，一些低级和做事草率的官员随意就能发放各种凭证，因此这些名义上"仅供医疗之用"的制品在中国大量出现，仅一年就达到了1875升，看到这个数字，很多人应该明白了，日本当局完全是向中国运送违禁品的"共犯"。这些年日本控制零售以及批发贸易的手段已经逐渐完备，虽然还不至于说日本就是唯一的"罪犯"，但也可以说它就是"主犯"。

　　美国在这件事中同样是有罪的，记住这一点，英国无法将这类货物直接运送到日本，中间是要通过美国的。美国的法律虽然不允许将鸦片运送到中国，但是关于转运的规定中并不包含询问货物内容的条例，人们只需要对这些货物做一个大概的描述，比如往这些货物箱子上贴"药物"的标签，这样美国就不会关注货物究竟是什么了，这些在英国生产出来的鸦片就能顺顺利利地从美国运往日本，然后再抵达中国。假如我们的国会和海关已经注意到这件事，但仍旧没有改变，那么与英国和日本一样，美国在"毒害"中国这件事情中也有责任。

　　除了上述这些间接的罪行之外，美国其实还有直接参与的罪行。最近有一桩走私案在上海告破，案件中缴获的鸦片被一名反鸦片国际联合会的律师证实都是在费城制造出来的，这些话都是他在公开法庭说的。目前直接将鸦片运到中国是犯罪，但是法律对于将鸦片运送到日本这件事还是无能为力，美国通过直接和间接这两种渠道从事的交易已经让人十分震惊。据官方统计，今年的前五个月，美国已经往日本的神户港运送了710升的鸦片，但是这与日本方面的数据显然对不上。《日本记事报》中写道：同期进入神户港的船只运货清单上有2500多升的鸦片消失了，海关申报单上没有出现它们的身影。通过这几项数据，我们可以轻而易举地得出一个结论——这些没有显示在海关申报单上的鸦片经由神户港被偷偷运往了中国，这中间是否存在神户港官员的纵容行为还并不清楚，这也是人们争论的重点。但我认为，这件事的首要责任还是应该归咎到美国头上，是我们国家的法律有漏洞，行政管理也并不严格，所以才会导致这样的事情发生。我为此感到非常惭愧，中国正在努力地肃清鸦片产生的祸害，而我们却成了这样的卑劣行径的主要参与者。

　　在这件事上，我认为应当抛下对日本和英国的假仁假义，至今我还没有看到商业利益对政治的影响到底有多大。目前我们应当针对转运制定完善的法律，用规范的行政法规去约束其他国家，凡是运送到美国港口的鸦片都应该强迫性地使其登记，并且禁止将这些货物再次出口。我们能做的事情很多，只要采取一些措施，运送到美国的鸦片就无法出口到日本，之后再被运送到中国。

现在反鸦片国际联合会已经开始制订计划了，假如能够采纳他们的计划，不仅中国能够从中获利，在世界范围内都能有效地对这样的邪恶交易进行控制。我们很难去控制那些零碎的小买卖，控制消费者也几乎是无法实现的，但如果从源头开始实施对策并进行控制，难度就要小很多。对于罂粟的种植我们应当严格监控，对这些还没被加工成鸦片的果实应该提高警惕，尽量做到心里有数，这样也比较容易进行跟踪。大部分的鸦片都是打着"仅供医疗使用"的幌子，人们对于鸦片确实是有这方面的需求，但是数量也比较有限，对这方面需求的数量，应该派专人去确定，并且得到政府的认可，光这样还不够，鸦片的使用也要一直处于政府的监管之下。鸦片应当使用统一的包装，并且注明编号，销售时也记录买家信息，这样全程都能监控鸦片的去向。针对远东地区，假如有人需要鸦片，应当拿出需求凭证，说明这些鸦片的用途，并且要发出通报，否则这些鸦片不能被运送到远东地区去。

提出这些建议，我也是抱有私心的，并不是简单的利他主义。除了中国以外，美国也正承受着鸦片的危害，并且在我们国家，这种毒害还在不断增强。假如我们采取的措施不能使中国摆脱毒害，那么在我们国家这种毒害就不能被彻底消灭，出口进口、转运销售及加工制造都是鸦片之害蔓延的环节，要想遏止就只能从这些方面入手。在这些环节上加以严格的法律监控不仅能够受益，对我们国家而言，也能够重新树立道德风尚。还有一点我需要强调，巴黎和会中，诸国曾经向中国保证，国际联盟（国联）之后将会重点关注鸦片的非法交易问题，要是美国不在这之前先将自己的房间打扫干净，要怎么发挥自己在此次行动中的作用呢？又要怎么规劝那些参与非法交易的国家，尤其是日本和英国？假如再不作为，难道要外界向美国施压，美国再放弃参与这样的罪恶勾当吗？若美国无法洗干净自己的双手，就很难在国联会议中进行表态了。

愚蠢的英日联盟

目前美国正打算建造一支海军，就算规模不是最庞大的，至少也要与其他国家差不多，这对于日本来说，更像是一种挑衅，对英国来说其实也是一种震撼，毕竟英国是如此依赖海洋交通。但是我们与英国尚且有祖先和文化相同的保障，与日本却没有，反之，不论是美国还是日本，都对彼此存在种族偏见。

日本的行为十分复杂，它的某些行为其实是反映了国内的正当需求，但是另外一些行为却相当具有侵略性。目前应当去满足日本的前一种正当需求，而不去助长它带有侵略性的部分。布雷斯福德先生在这一主题上的观点简直是一针见血，他表示，日本目前真正要做的并不是去扩张自己的领土，然后将多余的人口输送到那里去，而是要保证充足的资源——包括粮食、原油、钢铁、煤炭——来维持自身的发展，直到其成为一个强国，在此过程中再循序渐进地缓解本国的人口压力。但无论是哪一种选择，对日本来说都不简单，因为日本实在是太没有耐性了，而且它目前的发展已经超过了合理的限度，还运用了一系列推动日本过快发展的手段，这使得问题的解决变得困难多了。关于日本在国际上的地位以及这个国家自身，日本勾勒出一幅图景。但是这幅图景不管是放在日本身上还是其他国家身上都是不太可能的，目前这个国家还很难达到图景中的国际地位。除了经济上的原因，心理因素其实也是使冲突加剧的原因之一，并且很有可能会引发战争。不仅仅是现在，日本一开始的心态就是高度敏感的，它非常在意其他国家的舆论，同时又渴望得到这些国家的认可。

日本这样的状况其实是很严重的，布雷斯福德先生并没有夸张，不过他对此的解决方法我却并不赞同，我觉得这种方法很有问题。美国和英国采取这样的行为只是为了从中国掠夺各种资源，这在金融与商贸方面是一种辛迪加，而这样的形式使得日本在原材料和市场方面的需求被承认了，我认为英美使用这样的方式只是为了与日本进行竞争，然而在这场竞争中，日本占据天然的地理优势，所谓"近水楼台先得月"。

针对目前的英日同盟，大多数人都相信，这首先针对的是中国，其次才是美国。大部分人认为日本愿意加入这个同盟的决定是理所应当的，但有一点使人们感到非常困惑，那就是英国为什么要去加强日本的力量呢？英国的动机至今还没有人能够理解，而部分英国人与美国人存在相同的观点，这个同盟无疑会损害英国的利益。也许在英国看来，美国如今已经取代了俄国成为它的对手，所以与日本同盟就像之前对俄国与德国一样，是在进行防御，同时也随时准备进行攻击。

目前人们的普遍观点是：这样的同盟简直是愚蠢的，等于是对美国的直接挑战，加诸在日本身上的力量很可能会被转移到英国身上，倘若日本之后能够掌握中国所有的自然资源，并且在战争工业上有足够的人力资源，士兵数量也充足，那么离得远远的英国又该怎样掌控印度呢？英国在印度拥有的东西还能保存下来吗？曾有一种传言是这样说的：印度的部分国家主义者以及革命派人士如今将日本当作避难所，并且日本也会对他们进行供应。即使两国目前是同盟关系，但是日本还是在不断地扩张自己的领土范围，并且企图侵占过去一直被称为英国的势力范围的地方——长江流域，日本对于长江流域的煤炭钢铁控制份额非常高，虽不超过资源总量的60%，但也是一个惊人的数字了。

评论的角度和眼界也与人身处环境的不同有密切联系，假如一个英国人现在正在日本，又对美国的态度比较友好，他就能明确指出英日同盟对于英国的必要性，这大大缓解了英国的军队压力。目前英国派往远东地区的海陆军已经让它有些难以支撑了，这让英国能够全神贯注地应对本国与欧洲面临的更严重的问题，英国也不需要总是提心吊胆，生怕日本与印度的革命派拉帮结派了。但是在美国，人们能够看到更多方面，英国能够限制日本的侵略，假如英日同盟被废除的话，对于这样一个"既骄傲自负又敏感"的国家来说，势必会让日本国内的军国主义实力得到增强，他们在民众中的影响力会更广，战火不会停息，反而会因此而燃烧得更旺。大多数人都认为，维持这样的同盟实在不是一件光明正大的事情，这只不过是说起来好听一些。

美国在战时对日本实行封锁，会使英国极易倾向日本，实际上，对日封锁的成功最终也会影响到与英国相关的商贸。布雷斯福德先生认为，目前想要恢复这个同盟，一方面要满足日本在原材料上的正当需求，另一方面又要使英美之间关于远东地区商业竞争的激烈冲突减少，等到太平洋会议的结果出来之后，这个同盟的恢复就会成为不可能了。

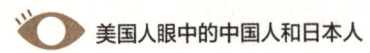

过于乐观的美国人，蛰伏极深的日本人

到目前为止，日方代表都在根据一个信息行事——日本真心实意地赞同裁减军备，但裁减的目标只能是海军，并且三大强国之间的裁减比例必须公平。在此过程中，对于远东地区的各项政策暂停讨论，假如某个行动的实施会阻碍到这一点，那就不能立即执行，要拖延一段时间。人们通常还认为，日本一定会强调目前中国正处于极度混乱的状态，假如中国之后坚持要做某件事的话，诸国都要去进行监管，这样才能保证后续不会出现什么问题。

毫无疑问，日本关于中国的提议用意十分明显，假如诸国都接受了这个提议，日本由于地理位置的原因，必定会受诸国所托代为监管中国，但这个提议要是没有被接受，日本就大可以把过错都推给别的国家，尤其是美国。它会冠冕堂皇地与其他国家说明情况，先是像平常一样谈论美国对中国的关心，之后表示美国在中国方面的事情处理上总是没能击中要害。从这件事就可以看出，日本并不需要多么狡猾，就能通过自己的策略把这件事可能造成的选择缩小为两种：第一种是按兵不动，什么都不需要做，但相应的好处都能落到日本身上；第二种是逼出一个联合行动计划出来，但这个计划美国是一定会拒绝的。这样的策略或许会使中日关系中出现一些并不常见的让步，乐观而满怀希望的美国人大概会把它们看作美国政策的一种胜利。

加藤上将非常聪明，他对休斯的每项提议都表示无比赞同，他让现在这种莫名其妙的乐观情绪逐渐蔓延。美国民众会认为，这是美国做出的友好让步，那些长期以来被告诫日本是一个军国主义国家的人也能够接受，但是人们都不了解日本现在正因为海军的开支而承受着巨大的压力。休斯提出的条件已经非常优厚了，日本的海军规模不需要太大，只需要规模很小的一支海军就能够满足这个国家对于防卫或者进攻的需求，我想日本大概会非常满意这个结果，毕竟比起之前它希望的，现在已经得到了更多，我认为这件事不需要反驳。其之所以会采纳目前的方案，是因为除了符合日本的利益之外，也符合全世界的利益。

有些人认为这只是一张面具，是日本为了遮盖自己的真实意图而戴上的。它从不把自己最看重的东西在公开场合大肆宣扬，所以日本目前谈到的东西对它而言或许并不是最重要的，这样的怀疑并不是没有道理的。日本非常清楚，只要关注好美国的舆论就万无一失，这样能够更快地掌握美国的军备信息，在远东问题上，美国的舆论并不积极，日本获取信息的速度也比较慢，会议上提出要裁减军备，而这个提议也确实通过了，这与美国政府之间存在着一种非常大的利害关系，美国对中国还是抱有善意的，但对于目前发生的这些事情它并没有进行严格的判断，对它来说也没有特别相关的利益，这些都不是秘密，而且日本本身也投入了足够的关注。

日本在这段时间里或许会做出一些让步，考虑到现在它与美国还是好朋友，也出于对世界和平的考虑，但这并不是最终的结果。或许日本之后会变得非常强硬，让限制其军备的行动无法成功，除非与中国有关的事情都能按照日本的要求进行。

法国方面对于陆军的军备问题一直在滔滔不绝地发表长篇大论，日本对于法国总理白里安的观点一定感到十分高兴。这个观点排除了一些问题——关于裁减军人以及废除征兵制。巴黎和会期间还待在日本的人应该能够感受到之前那件事给日本带来了多大的影响，日本曾经有过一次错误报道，表示日本已经决定要废除征兵制了，这个错误报道过了好几天才被改正，其间官方和民众的态度简直是天差地别，官方对此十分惊愕，而民众则对这个结果表示非常满意。日本民族实际上是一个很爱国的民族，假如有人相信日本民众很喜欢强制的征兵制，那么错误报道出来之后，他听到的叹息声或许会让他终生难忘。法国和日本就此问题的立场是一样的，假如两国之间存在一种共同的理解，那么就是现在了。这样一来，日本借助法国的表态卸下身上的重担，不必再维护强制的征兵制，也没了庞大军队的压力，假如人们能够意识到这一点，那么如今在美国蔓延的乐观情绪或许能够得到遏止，这样才配得上白里安如今在台上雄辩的程度。

但是新闻界现在还有很多乐观主义者，他们报道说英国支持美国在中国方面的政策。但是报道中也指出，英国目前还是选择维持英日同盟，有一份报纸上标题比较直观："英国在为美国与中国撑腰，但是绝对不违背与日本的约定"，这样的报道标题就仿佛是在说英国既想要白的又不放弃黑的。

美国如今是谣言之地

如今有个冰冷的现实摆在我们面前：假如日本一定要推行自己的海军计划，那么其最后很有可能会崩溃，而美国代表选择的态度不是谨小慎微而是大胆肯定自己一定会对军备进行裁减，那么来自商界和公众的压力必定会强迫日本也做出相似的裁减。此外还有一点，英日同盟或许会遭到大幅度的调整，或者直接就解散了。5∶5∶3的比例起初已经被接受了，但是海军专家们又提出了反对意见，英国专家曾经告知他们，假如他们在比例方面坚决表示拒绝的话，美国会做出更大的让步，有可靠消息证明，日本海军专家私下里告诉别人，英国专家已经肯定过他们的提议，并且将用这个事实来维护他们的主张。

日本国内也同时开始宣传造势，这样一来，休斯最开始的提议要是被代表们接受了，那么国内能否接受提议就成了让他们提心吊胆的事情。加藤上将现在变得犹豫不决，这样的事态也许会毁掉这件事。与此同时，日本国内的媒体宣传则变得相当不好应对，很多报道现在正在宣传一件事——美国在强迫日本接受它的提议，这样便营造出了一种敌对的感觉。

我在事后有考虑过一件事。第二天条约公布之后，有一位律师曾来向我询问，我的思考由此而来。他问我，这个条约是不是不仅仅用在日本的问题上，他强调在条约中的用词要更为谨慎，类似于"任何因为太平洋问题而导致的争端"这样的用词应当被注意。这位律师的询问让我对这件事的思考有了一个全新的视野，暂且不去考虑中国，日本迟早会与远东地区的国家出现问题，就算不是俄国，也会是远东共和国。

此次日本派代表出席了会议，然而俄国被排除在外了，对于这个问题是否应当在下一次的会议中进行调整呢？假如是因为一个非缔约国而引起的争端，为了保持公平，应当让这个国家出席会议。如果中国卷入了争端，这样的决定同样会使中国收回，也能保持我们与中国的良好关系，我想应该没有哪个国家会拒绝这个提议。

直到现在，我还是认为这个条约中展露的情绪实在太多，除了美国对日本和菲律宾持有怀疑态度以外，澳大利亚也表现出了对日本的恐惧，而在关岛问题上，日本很明显对我们是感到畏惧的，这对美国来说有好处。虽然其中展露了许多国家的情绪，但是对于真正的和平来说，这个条约还是有利的，这个条约名义上是适用于岛屿所有权的，但在特定情况下，这个条约也适用于日本，并且已经把中国和俄国排除在外了，这两个国家是最容易与日本发生严重冲突的，这也不是要取消英日同盟，这是要让我们成为其中的一分子，当然了，这是在特定条件下，即放弃为武装援助做准备。

今天早晨，我看到许多报道正面肯定了此条约将日本也包括在内的做法，要知道，之前有一家报纸与国务院的关系相当密切，它一直在否认这样的说法。外交部一向都喜欢含混不清的发言，但是这个问题已经触及根本了，所以绝对要清晰表述，假如这次留下了某些含混不清的地方，之后美国很可能在紧急状况中不愿参与进去，或者去反对中俄两国，这样会被其他国家指责言而无信，最后一定会导致更多痛苦的事情。

英国国会在新加坡的防御工事上有了争议，他们对麦克唐纳的回应也被很多人质疑，内阁中有一位代表的发言被这样报道："新加坡与菲律宾离得很近，美国民众或许非常乐意看到新加坡的军事基地强大起来，这样就能防止在美国与日本之间引发战争。"但这样的言论很显然会给英国和日本这两个昔日的盟友带来影响，这言论实在是太过轻率，并不仅仅是为了平息在新加坡议案上的情绪，发表这种言论的代表不可能不明白这样的言论会造成什么样的影响，整个亚洲会理解为是在谈论关于亚洲的事务，但是英国和美国之间又存在某种谅解抑或是协议，所以我们很容易就得出了一个结论：这位代表是刻意发表这种言论，想要通过自己的言论产生别的影响。

这一点也许并不完全是欧洲国家的错误，我们自己本身的过错更大，美国的海军代表一直竭尽所能地在我们心中培养对日本的恐惧，他们已经让我们的怀疑和警惕越来越严重。在此过程中，他们还谈到了日本和俄国在未来很有可能会联合起来将中国推开，在历史上我们对中国抱有非常友好的情感，但是他们却在散播中国也许会反对世界上的其他国家这样愚蠢的言论。还有一种针对日本和印度的言论，他们也许没有在公开场合发表过，但是却会在私底下引导人们这样理解：印度的日本代理人现在十分繁忙，他们正在鼓励那里的民族主义运动，并且还会进行适当的补贴，假如之后日本和美国发生战争，日本希望印度能在战争中给予日本帮助。

美国参议院还在诋毁日本，他们每年都要阻止上百名日本人移民到美国来，但最终的结果并不理想，因为缺少与日本的合作，美国的商业利益遭到了重创。与此同时，还有一件事情也许需要我们重点关注，日本的国民观念正在迅速成长，想要在日本提升美国声誉的事情遭到了惨痛的失败。

只是因为这些愚蠢的谣言和不实的报道，我们与亚洲国家的关系变得紧张起来，现在停止这些谣言与报道的传播也许还不是时候，但是重建美国与世界上其他国家良好关系这个问题的解决是迫在眉睫的。假如我们对美国当下的变化漠不关心，那是非常遗憾的一件事情。

不要用强制力量来制裁日本

我们总是在思考一个问题，就是为什么日本总能成功地让世界陷入迷茫之中。原因之一，日本的行动总是非常迅速的，很多时候舆论还在思考这些动作到底有什么意义，来不及应对其动作，于是就难以产生能够保证持久和平的统一的正确判断。原因之二，就是我接下来要表明的，人们为了能够争取和平采取了许多不同的措施，但是这些措施会互相抵触，以至于会产生许多不确定因素，而对日本来说，这些不确定因素是一种非常宝贵的资产。

我目前是以《巴黎公约》[1]的观点来分析的，我从一开始就觉得《巴黎公约》通过得太过仓促，因为这项公约的权力完全来自各国支持它的民众的道德力量，但是现在还没有充分的证据显示，正式签署这项公约时，各国民众对它的意义已经认识得足够清楚了。《巴黎公约》实际上应该表现出无法抗拒的公众的要求，但现在却成为各国外交家展示手腕的舞台，因此这项公约一直存在着一种危险：人们仅仅记住了这一观念，却并没有落实到行动上去。

我不知道现在日本人是想要结束他们的战争，还是想要在长江流域重复他们之前的所作所为。现在我们非常需要舆论把重点放在战争非法的原则上，《巴黎公约》无法起到阻止战争的作用，只能阻止宣战。在我看来，现在的

---

1 此处是指巴黎和会所签订的《凡尔赛和约》。——编者注

《巴黎公约》宛如一纸空文，虽然这样的说法有些贬低的意味，但是我们应该借助这件事来进行严肃的思考。许多人都清楚，非法就意味着将战争的法律地位取消，但这并不意味着某个发动战争的国家也是非法的，不管这个国家是提前宣战还是直接开战，就像日本经常做的那样。假如我们认同了《巴黎公约》中战争非法这一观念，日本在中国的东北地区和长江流域的所作所为就会处在另一种全新的法律地位上；如果我们将目前的战争状态放在夺取的体制下讨论，那么日本现在的行动则会被认为是符合法律的，虽然在道德上很多人会进行谴责，但是日本的行动确实是符合原则的——战争决定着国际法律的最终正义，是运用法律手段化解争端的最高法庭。

日本一直努力把国际的注意力放在之前的"挑衅"事情上，而大部分的舆论已经落入了这个日本精心设置好的圈套之中，这个事实也表明，大部分人对于《巴黎公约》的理解与看法还停留在表面，依旧很肤浅。还有一个事实也非常可悲，人们还不够重视《巴黎公约》，也普遍缺少对它的理解。民众总是对美国的生活与财产感到担心，生怕中国的战事会影响到他们，却忽略了日本肆意嘲弄为了维护和平而喊出的放弃战争的誓词。

世界和平机制中存在许多不同的意见，而这些不同的意见又无法共同维护世界和平机制，总是各行其是，人们的有效行动也被此拖累。目前这个机制还没有完全瘫痪，但是能够发挥的作用已经非常有限了，我认为之所以这个机制的效用不强，要归咎于最初日本侵占中国东北地区时，美国政府还没能与其他国家进行真诚的合作。美国任命道威斯将军这一举动实在是毫无意义，反而让日本立刻就看穿了这一举措的空洞，于是它便立即行动了。之所以日本会被国际社会谴责，那是因为它破坏了《巴黎公约》。

对于美国民众而言，要求对日本进行制裁这件事的后果就是引起了日本的敌意，为了引导美国的舆论，使他们愿意以制裁的手段来惩罚日本，就必须要对日本之前犯下的罪过详细陈述，于是日本在陈述中变得极为残忍，并且总是喜欢公开施暴。我想这与上一次的"技巧"差不多，之前是为了造就必须要与德国开战的意识，而面对这种"技巧"的正是数百万的美国人，他们都非常希望世界能够和平。我想，很多美国人甚至在几周前还愿意去抵制，但现在已经庆幸事态没有继续发展下去了。之所以会有这样巨大的差别，是因为人们的怒火已经平息，他们已经冷静下来了。我认为，那些依旧在维护制裁行动的人们，他们并没有理性思考，情感占据了他们的大脑，普通民众并不会主张随意制裁某个国家，只有长期积累了敌意又或者情感在瞬间爆发的民众，才有可能主张对某个国家实施制裁。

我知道现在的日本正在逐渐强化其在世界上的军事影响，但是通过强制手段使日本改变目标只会适得其反，事情会变得更糟糕。有两种看法虽然表面上相互矛盾，但是却非不能共存——一是日本确实危害了世界和平；二是日本的一系列行动其实并没有取得显著成功。无论我们怎样表达情感或是希望和平，都不会让日本断念，现在日本所处的立场也并不让人羡慕。有些敏感的人或许现在还在犹豫不决，不知道未来究竟会走向何方，但是我们确有理由相信，就算我们不对日本实施制裁，它在未来也很难守住在中国问题上的立场。现在的日本已经被架上了舆论法庭，作为一个被告，在道德层面上它早已溃败。我认为，之后的日本大有可能会改变自己的政策。假如我们一定要动用强制力量，那只会让日本更加确信它所坚持的是对的，那么日本的态度将变得更加强硬，接下来很有可能不会妥协。而不动用强制力量，则更能让日本直面它的行为导致的所有不良后果，这些后果并不是世界强加在它身上的，它的行为也绝对称不上正当，所以一切后果将要由它自己来承担。除了日本之外，我还观察了许多国家，很难相信，居然有许多国家想要效仿并强化这种谴责日本的行为。

我非常希望国际联盟维护世界和平的能力逐渐增长起来。《巴黎公约》

中规定要用和平的手段来化解争端，但这项公约是新近出现的事物，所以人们还没有意识到《巴黎公约》的意义。以日本侵占中国东北地区为例，其辩护者至今仍在宣扬中国在"挑衅"日本，并且要借此来为日本开脱，好吧，我们假定这位辩护者说的是事实，但他也忽略了一点：日本会被指控，是因为不遵守《巴黎公约》及《九国公约》中的内容，日本没有运用和平手段来补救自己犯下的错误。假如我们能将重点放在这上面，而不是像之前一样思考一些没有意义的问题，那么将会打开一个全新的局面，这应该会推动世界和平的进程。

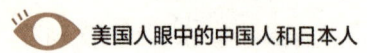

日本的偏见

日本人十分相信一种旧说法，即要想获得领土，必须消耗财富，同时还伴随着流血牺牲。日本民众在报纸上读到的是日本必须要保护中国，以防止中国落入别的国家手中，从前的欧洲是对中国进行侵略，这一说法说服了许多日本人。其实大部分日本人对中国局势的了解并不充分，甚至还不如之前对朝鲜局势的了解。这样的说法，再加上战争时期日本国内不断在民众中唤起的对远东地区的统治期望，还有在巴黎和会时，日本的舆论所强烈要求的安排（实际上已经成为了事实），对那些主张相信日本将会履行承诺的人简直是极具讽刺意味的一击。有些人总是会这样说："日本会履行它的承诺的，但这恰好是中国不希望发生的，这样中国将会陷入更深的危机中去。"这实在是太讽刺了，怎么会有人相信一个对中国的侵略史了如指掌并且将铁路和金融当成侵略手段的国家会如此好心呢？日本虽然承诺要归还主权，但还是要保管其经济控制权，假如仅是归还主权，那么对中国来说，主权就只是一种形式化的东西，意义不大。

我们来好好讨论一下这个问题，之前就有过很类似的例子，在此我就不描述《凡尔赛和约》里的细节了，大家都应该知道这些事，德国人实施的抢夺行为令人感到十分惊悚，这便是臭名昭著的"强权就是公理"事件。德国从欧洲先前的侵略史中找到了完美的借口，与此同时，德国的做法也成了先例，日本很轻易就能粉饰自己的罪行，因为它也能够很快从欧洲帝国主义列强的挑衅中找到借口。

日本的一些开化人群和部分政治家一直以来都在宣扬日本有权利也有义务管理中国的言论，并且自诩是西方文明的引入者，这当中也包括印度，日本认为在印度，英国才是外来的干涉者。但是直接传入中国的西方文明显然与经由日本传入的西方文明不是同一种东西。日俄战争后，俄国的失败让崇拜日本的风潮迅速流行起来，这是一个东方的国家，它仍旧在使用汉字，并且从模仿中国开始，一步步衍生出属于自己的文明；俄国对于全世界来说，是一个强大的、难以战胜的国家，而日本却战胜了这个可怕的对手，难怪之后会使成千上万的人都到日本求学，许多改革家都在借鉴日本的模式。

日本人总是在真诚地进行教导，他们表示，从本质上来看，西方的文明其实是物质性的，而东方的文明则是理想性和精神性的。日本人认为，西方目前具有优势只不过是因为拥有机械和大炮，而这种优势只是暂时性的，要对抗这种优势必须要通过拥有相同的装备，但是东方古老的文明则要保留下来。

与个人相似，民族也非常习惯从自己的角度出发来评价对方。威尔斯先生举了个例子来向我们说明，他说，日本人习惯于顺从与驯服，总是会高估英国政府在控制民众情绪和行动上的能力；英国人的习惯则与之相反，他们总是会将日本民众的情绪对日本政府的影响力夸大，这是在英日同盟上的实际运用。这个同盟很可能因为公众情绪的压力而被迫瓦解，但是日本人似乎总是忽略这一事实，日本民众与美国民众之间相互抵触的时候，这种情绪会令政府无法将其付诸实施。而英国人则对同盟有可能引发的危险视而不见，因为在他们的想象中，一旦遇到危机，敏锐聪慧的日本民众会让日本政府乖乖听话。

这样会产生许多误解，这样的例子比比皆是。日本人的外交几乎全都集中在东京，而美国人的外交则相对比较松散，这样一来，美国领事如果在日本做出某些行为，也许他只是依照自己的心意发表演说，也会让日本人自然地联想到这位领事或许是在依照华盛顿的命令来办事。另外，美国人总是忽略日本人外交的连续性和紧密性，当他们意识到外交中产生了一些令人感到不快的结果时，总是会觉得这是一种突然袭击，并且带有背叛意味。

欧洲国家总是习惯于玩弄一些隐秘的外交手段，日本则是一个独具慧眼的"好学生"，但它绝对有理由声称，自己并没有将一系列步骤的最终目的隐藏起来。日本宣扬的目的在于想要将亚洲，至少是东亚地区，从欧洲国家那里解救出来。日本目前在产业上具有巨大的优势，这都是积累下来的，更别提日本的军事优势了，但是日本抱有极端民族主义偏见，这使其变得盲目。日本的计划中其实有许多想象的东西，看似宏大，但是实施起来却很有难度。欧洲国家曾经也犯过这样的错误，现在日本在和欧洲国家争夺亚洲的控制权，美国夹在二者中间，其实更容易从一个中立者的角度来看待问题。中国曾经是日本文明的缔造者，这个国家的民众并不认为自己需要日本来拯救，由于对中国民众的心理判断错误，导致日本对中国民众迸发出来的亲美情绪感到十分莫名其妙。

在这样的形势下，日本出演了一个带有掠夺性的侵略者角色，而美国则成了拯救者，在中国，日本代表了专制的军国主义，而美国则意味着自由民主。

中国人与工业化

——近在咫尺的中国大陆

　　初到中国时，我就发现这里的工业水平不容乐观。大多数中国人仍然对机器生产持有一种陌生的态度，他们一般都是凭借人力来完成自己想要完成的事情，这令我感到无比诧异，我迫切地想知道中国人究竟是如何看待工业的，以及是什么影响了他们对待工业的态度。

　　为此，在访华的过程中，我额外注意了中国各大城市工业发展的情况，并最终得出结论：中国人之所以对机器生产抱有一种不认可的态度，是受固有的家庭观念和生产方式的影响，这两者就像是一座大山将中国与机器生产分割在遥远的两端。值得庆幸的是，来自商业竞争和学生的两股力量，正推动着中国人慢慢地靠近、接纳机器生产这种新的生产方式，使机器以缓慢的速度出现在中国的每一个城市，从而提高了中国人的生产效率，创造出了更多的财富。

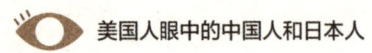

商业竞争：不可忽视的双刃剑

正如我们所知道的那样，中国人是世界上最勤劳的人，再也没有哪个国家的人会像他们一样，将勤俭节约和吃苦耐劳看作人生在世不可或缺的品质，坚定不移地奉行一生，也没有哪个国家的人能像他们一样日复一日地承担着高强度的工作。然而，他们的勤劳却并未让他们过上富裕安康的生活，现在的中国有许多人每天连续工作十几个小时，却仍然无法保证自己和家人的温饱。之所以会山现这种不可思议的情况，是因为中国的工业化水平实在太低了。到目前为止，在大多数中国人眼中，用以制造各种物资的机器，以及大型工厂，依然是陌生的，他们仍然习惯于通过手工而不是机器来获得自己需要的种种物资，亲自养蚕、缫丝的妇女至今仍随处可见。

不过，这并不代表中国会永远和工业化保持距离。实际上，虽然中国的工业化水平不能尽如人意，但是近些年来，中国已经逐渐走上了工业化的道路。在过去两个月的时间里，我和夫人一起游览了中国目前工业化水平最高的省份——江苏省，在那儿的某些城市里我们已经能够看到许多向外释放着浓烟的大型工厂，以及各种现代化的工具。与此同时，我们发现那里已经有一部分青年男女将去工厂做工当作一个不错的谋生途径，而不是像开始时那样对其"避如蛇蝎"。

我之所以强调这一点，是为了证明中国已经逐渐缩短了自己和工业化之间的距离。

　　我认为，江苏省的15座城市（今13座）可以被分成四类。第一类是中国进行对外贸易的城市，在这些城市中，随处可见为了经商来到此处的外商。虽然这些外商在经商的过程中不得不根据中国的国情采取一些新的经商手段，例如，设立"买办"这样一个与当地商人进行沟通交流的职位，但是，他们仍然如愿以偿，成为商业角逐中的佼佼者，成功地占据了当地的大部分市场。这种成功，使得他们的经商方式——技术经商，成为上海等进行对外贸易的港口城市商人使用的主要经商方式。大批的商人开始开办工厂，用机械化产品代替手工作坊产品成为自己的货源。

　　仅仅从这一点上来看，以上海为首的对外贸易城市，无疑是最应引起重视的。但是，如果从社会发展的角度上来分析这个问题，我们就会发现，上海出现的这种工厂林立的情况，并不像我们所想的那么具有吸引力。这是因为，这种情况是在商业竞争和金钱的诱惑下出现的，它的出现，并不足以显示中国人对工业的接纳程度。

　　尽管如此，这种情况的出现，仍然对中国工业和商业的发展有积极的意义。它使得中国的各大企业逐渐将过去的私人经营变为合伙经营，从一人控股变成了多个股东联合控股，这将会在一定程度上降低企业破产、倒闭的风险，进而促进中国经济的发展，帮助中国人从被动的贸易局面中解脱出来。

　　有些人可能并不赞同我的说法，我的一位中国朋友就曾经对我说过，即使外商对中国经济不会产生任何影响，中国的企业也迟早有一天能发展成为合营经济体。客观来说，这个结论有一定的真实性。我们都知道，能让一样新东西在一个国家立足的根本原因，必然是本国民众的需求。换言之，中国之所以出现了工业萌芽，是因为工业化能够满足中国人的生产和生活需求，而不是因为突如其来的商业竞争。但是，倘若没有外来文化的碰撞，中国企业要花更长的时间才能走到这一步，因为在中国，私营企业比合营企业拥有更多的生存土壤。而对外贸易城市使得私营企业的生存空间一点点地被蚕食，这必然会促使合营企业这种形式尽快在中国出现。

正因如此，尽管外商带来的商业竞争给中国本土企业带来了很大的冲击，人们还是应当承认，对中国经济发展而言，这种商业竞争为中国进一步实现工业化创造了有利条件，人们应当尝试着接受它，用更恰当的方式应对它，而不是一味地将其视为洪水猛兽。

私营企业的生存养料

我已经提到过外贸会挤压私营企业的生存空间，使合营企业尽快登上历史舞台，那么究竟是什么原因使得私营企业拥有更大的生存空间呢？在我看来其原因有三。

其一是中国近代第一批企业家合资经营的失败。在漫长的历史发展过程中，经商在中国人眼中一直是不入流的职业，不到万不得已他们不会投身商界，同样的，那个时候的他们对西方的各种经营方式都无心了解，直到几十年前，这种情况才发生改变。中国人开始按照欧洲人提倡的合营方式，创办、经营企业。然而由于缺乏足够的经验，在与他人合资办厂的过程中，他们多次被合伙人欺骗，最后血本无归。这种被欺骗的经历，使得他们对合资经营产生了非常强烈的抵触心理，这是私营企业在中国盛行的最主要原因。

其二是家族观念的影响。中国人对家族的看法和西方人有明显的差异，他们通常有很强烈的家族意识。在他们看来，在成为自己之前，他们首先是祖先的子孙、是弟妹的兄长、是妻子的丈夫……他们的前途命运关系的不只是自己还有所有的家人。在这种情况下，如果一个人创办了企业，那么这个企业就会被视为家族企业，有资格在里面担任较高职务的只有这个人的亲属。倘若有谁将企业的权利分给外人，那么这个人就会被视为家里的不肖子孙，被其他家族成员责怪，显而易见这不利于合营企业的发展。

除了这两者之外，缺乏经商经验的中国第一批企业家，总是习惯性地将企业得到的利润全部投入新一轮的商品生产当中去，而不是预留一小部分资金面对可能到来的风险，这一点也在一定程度上阻碍了合营企业的发展。事实上我之所以对这三个原因进行如此详细的说明，不仅是因为这三个原因将会阻碍合营企业的发展、加大合营企业的经营风险，还会成为中国实现工业化的巨大阻碍，正是因为这三个原因才使得以营利为目的的外资企业成了推动港口城市工业化、现代化的重要因素。

当然，中国的商人不可能因此对与他们抢夺市场份额的外商产生什么感激之情，他们明显地感受到，外商引入中国的大规模工厂，给无数以纺纱和农耕为生的中国人带来了巨大的危险，使他们丧失了生存的倚仗，这是任何人都无法否认的。然而，即便如此，工业化较为先进的港口城市，仍不失为一个宜居之所，当我将这些城市与江苏省的第二类城市进行比较时，这一点变得格外明显。

江苏省的第二类城市，大多位于江苏省的北部边界，尽管出于距离原因，这些城市没有接触到多少外来文明，但是工业和机械带来的便利，仍然极大地改善了他们的生活。举例来说，在工厂出现之前，这里的人们只能凭借一个鸡蛋换取几厘钱，而有了工厂之后，一个鸡蛋至少可以为他们带来一分钱的利润。尽管如此，这些地方依旧贫穷落后得可怕。这里人口众多，可是学校却只有三四所，有机会读书的孩子，不到总人口的十万分之一。这里地域广大，可是邮局却极为稀少，所有往来信件都是由专门的信客跋山涉水地送到收信人的手上。由于送信的时日长久，家人总要经过漫长的等待才能收到远方游子的消息，人们因此而承受的煎熬，又岂是一句"家书抵万金"可以说尽的呢？

那么，究竟为什么这里的人们要饱受落后与贫穷带来的折磨？为什么这里的工业化水平如此落后？在我看来，这是因为在这里，人们经常会遇到以打家劫舍为生的强盗，如果你给他们留下很富有的印象，那么你的家就会被洗劫一空。在这种情况下，这里家有余财的富人，通常都会选择将家里的财产藏在一个隐秘的地方，自己则和那些无法维持温饱的人们一样，穿着破旧的衣衫，吃着难以下咽的食物。没有任何一个人会将自己的财产拿出来开办工厂、投资企业。因为他们知道，只有这样才能保证自己的财产不会落入强盗之手。这一原因，明确地告诉我，一座被工业文明覆盖的城市，必然是一座社会环境安定的城市。如果有什么地方存在着威胁人类生命财产安全的不恰当因素，那么此地的工业发展不过是空谈。

不过，生存环境的恶劣，并不是人们拒绝发展工业的唯一原因，江苏省的第三类城市明确地说明了这一点。

这类城市位于江苏省的南部，与北部的城市不同，这些城市大多是繁华的。在这些城市里，我可以轻而易举地感受到中国这个有着悠久历史的古老国家所特有的优雅与繁华，这里还林立着各种西式的建筑。然而，住在此地的那些家财万贯的人们对工业文明抱有一种不屑和抵触的态度，在他们看来，工厂和机械只是外国人的东西，对他们自己甚至中国都没有任何的意义。他们愿意在赌桌上一掷千金，愿意在广阔的土地上建起极其奢华的豪宅，愿意将方圆百里的农民都变成自己的佃户，却不愿意拿出自己任何一点儿财产去兴建工厂。正是因为这个原因，所以在这些富庶的、适合工业发展的地区，我见不到任何的工业化机器，人们对工业化的产物感到新奇，却从未想过凭自己的力量去创造它。这一切足以说明，观念的改善是工业文明发展的一大前提，中国的工业文明之所以如此落后，就是因为在大多数中国人的心里，工业是鸡肋一般可有可无的东西，他们并没有准确地意识到工业将会给自己的生活带来什么样的改变。

不过，也有一些中国人意识到了工业的重要性，在江苏省，就有一位这样的人，他几乎是凭借自己一个人的力量创办了江苏省的第四类城市——工业城市，并且使这些城市中的人们成功地过上了中国儒家文化当中提倡的那种"矜（鳏）、寡、孤、独、废疾者皆有所养"的日子。正是他和那些与他一样对工业文明有正确认识的人，使中国的工业化成为可能。我很高兴地看到，在他们的带动下，工厂正在以缓慢的速度覆盖中国的大多数地区。

然而，中国要想实现真正的工业化，还有很长的路要走。我可以很明显地看到，在当下的中国，工人们付出的远比他们得到的要多，而可以改变这些的人对此无动于衷。除此之外，中国固有的文化体系，对工业文明的衍生物——更加现代化的分配体系在中国的传播产生了极大的阻碍。这些都会对中国实现真正的工业化造成非常不利的影响。我希望中国人可以凭借他们的智慧，尽快地解决这些问题，使中国可以早日成为一个工业化强国。

为工业助力——学生的壮举

在中国期间，我曾前往北京高等师范学校（今北京师范大学）参观，那次参观使我对中国学生的"以天下为己任"的信念有了更为深刻的认识。

在我们刚刚到达北京高等师范学校的时候，这所学校工学系的负责人径直将我们带到了三栋崭新的教学楼前。以我有限的经验来看，这并不符合中国人的待客之道。于是我好奇地询问这位负责人："这三栋楼可有什么不同寻常之处？"这位负责人笑着对我说："这三栋楼的不同寻常之处，在于它们全都是由本校的学生建造的。"

这位负责人似乎认为自己说得不够具体，他又补充道："从策划到监督都是学生们一手操办的，他们甚至还代替了木匠，自己完成了三栋楼中所有桌椅板凳的制作。"

开始时，我还以为自己错误理解了负责人的意思，要知道，这三栋楼是在一个夏天的时间里拔地而起的。而在那个夏天，北京就像是一个巨大的熔炉，阳光所照之处，连仙人球都长成了沙漠中的形态，即使是躲在绿树成荫的小径里，身体里的水分依然快速地被阳光蒸发出体外，使人产生难以抵抗的眩晕感。在这种天气之下要想凭借着简单、原始的材料，日日夜夜地待在工厂里，直至新楼出现在世人眼前，人们要付出的努力和艰辛实在难以想象。我不认为长久以来都在学校里读书的学生们能够做到这一点。

因此我反问道："全部都是由他们自己完成的？"

在说到"全部"这两个字的时候，我特意加重了语气，本以为会得到诸如"请了外面几个人帮忙"之类的回答，可是没想到这位负责人却坚定地回答我说："全部！"

似乎是觉得我还不够震惊，他继续说道："学生们没要任何工钱，学校只需每天为他们提供一点儿食物就足够了。"

时至今日，我仍然无法描述我听到这些话时的心情，中国人是世界上最为吃苦耐劳的人，这一点，早在很久以前我就已经见识到了。尽管如此，学生们完全凭借自己的力量建起新的教学楼还是让我难以置信，在我看来这实在是一个不可忽视的壮举。

更令我震撼的是，对学生们来说，此事仅仅是个开始。在成功地以自己的力量为母校建起三栋教学楼以后，这些学生又向这位负责人提出建议：与商行和私人企业家合作创办一所工业学校，将工厂操作所涉及的种种技术知识无偿地教给那些有意加入的人，保证他们进入工厂后能够迅速地熟悉各个操作流程。

现在这个项目已经在如火如荼地进行中了。每天，完成了繁重课业的学生，都会以教员的身份出现在一间简陋的教室里，然后，在接下来的两个小时里他们会尽自己最大的努力，让聚集在教室中的人熟悉与工业相关的种种技术知识，还会自己亲自示范如何处理种种金属。由于听课的人文化水平和理解能力有很大的差别，他们的讲解和示范常常会遇到很多困难，但是，他们却从来没有放弃过。

有些人曾经对我说："这一切并没有什么大不了的，只不过是学生们的业余爱好而已。"我相信，如果他们真正了解当时中国工业面临的困境，那么他们一定不会说出这样的话。

到目前为止，中国的工业水平仍然远远低于世界平均水平，中国人不得不用较为原始、粗糙的方式来制造自己所需的种种物品，而这会使他们在世界贸易中处于被动的局面。举个例子来说，他们织造的布匹在对外贸易中为他们带来了近四万美元的利润，可是转眼间，他们就不得不拿出两倍甚至三倍的金钱来获取织造布匹所需的原材料，而这种入不敷出的情况，很容易使中国陷入可怕的经济危机之中。在学生们采取措施之前，企业家们也曾想方设法地改变这种局面，但是都没有取得理想的效果，因为企业家和工人之间是有利益冲突的，各个企业家是以竞争对手而不是以合作伙伴的方式存在的，他们无法联合起来，只能凭借自己的力量抵抗外来商品对自身企业造成的压力，而无法从根本上解决问题。

但现在，学生们站了出来，他们创办工业学校却不求获得任何利益，一心只想为提高中国的工业水平尽自己的一份力量，无论是从他们的赤子之心还是从现实利益出发，都有可能促使企业家和工人实现真正的团结，从而促进中国工业水平的突飞猛进。学生们切切实实地做出了壮举，他们的举动足以让人们心生敬佩。现在其他国家的人都忽视了他们的所作所为，把这看作小孩子的游戏，这是一种非常不恰当的行为。我衷心地希望，所有人都能正视他们做的这件事，正视中国工业未来的发展前途。

6 CHAPTER

独一无二的东方气质

——品味中国人的含蓄优雅

　　早在来到中国之前，我就知道这个已经存在了几千年的东方古国，有属于它自己独一无二的气质。那时的我想象不出这种气质究竟是怎样的，我认为这种气质是隐蔽的、不易被人察觉的。但是当我真正踏上中国这片土地时，我知道我错了。

　　无论是同时具备了两种文化景观的上海，还是富庶且生机勃勃的杭州，抑或是中国的心脏北京，都让我真切感受到了中国这个独一无二的东方国家所具有的含蓄优雅的独特气质。中国人所拥有的庞大而和睦的家庭以及形式多变的文字、色彩鲜艳的房屋让我明白，这一气质已经深深地植根在每个人的身体里，他们是优雅的、含蓄的，就像是月下盛开的昙花。不过，他们并不孤芳自赏，现在的他们正如饥似渴地学习着一切能令他们变得幸福的东西。同时，他们也乐于向远方来的旅人展示他们身上所具有的独特魅力。这次访华使我对中国以及中国人有了全新的认识。

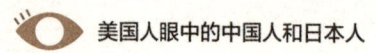

上海：首富之城

　　不久前，我和夫人到达了江苏省最繁华的城市——上海（今直辖市）。在那里我们受到了一些知识分子的热烈欢迎，寒暄过后他们表达了带我们游览上海的愿望，对于刚刚来到中国的我们来说，这是一件求之不得的事情。表达了谢意后，我们听从他们的建议坐车前往沧州饭店，准备在那里度过我们到中国的第一个夜晚。

　　在车辆行驶的过程中，我们透过忽明忽暗的车窗，观察着夜幕下的上海。那个时候，我们还没有清楚地了解到这座城市的独特之处，我们只是根据街边林立的店铺、邮局和带着庭院的酒店得出结论：上海已经和美国的各大城市一样，是一座有足够吸引力的现代化城市了，这无疑是个振奋人心的发现。但是，这个发现并不足以满足我和夫人对上海这座城市的好奇心，我们迫切想要了解这座城市的方方面面。接下来的几天里，我们跟随迎接我们的中国朋友游览了每一个有上海或是中国特色的地方。这些地方中的工厂和酒店留给我的印象最为深刻。

　　在进入工厂之初，我就发现，这座工厂的主要劳动力并不是能够承担更多工作压力的青壮年男性，而是一些身体相对羸弱的女性。这种以前从未目睹过的现象难免使我感到好奇。但最令我吃惊的是，尽管这些女性是凭借高强度的工作勉强维持自己的温饱，可她们依然乐在其中。繁重的工作也许会苍老她们的容颜，却不能让她们心中那颗充满了喜悦和温暖的心变得寒冷或枯萎。这让我想起了中国一个非常有名的成语"安之若素"，对我而言，她们的这种品质和成语本身一样，都是神秘的、令人着迷的，我非常庆幸能来到这里，亲眼见证中国人的这一面。

除了工厂，酒店也让我见识到了上海和上海人身上的独特魅力。在到达上海的第三天，我和夫人应几位朋友之邀前往上海的一家知名酒店用餐，由于初来乍到，我们错误地走到了另外一家酒店。在我们进入这家酒店之初，酒店的服务员殷勤周到地为我们上了茶点，发现走错了位置的我们向酒店服务员说明情况后，他们也没有像我们预料的那样对我们进行讥讽和责难，反而坚持说我们能来酒店是酒店的荣幸，拒绝让我们支付茶点的费用，他们还主动告知我们，究竟应该走哪条路线才能前往目的地，这一切都使我感受到了中国人所特有的热情和体贴。

在我们成功地进入朋友所说的那家酒店之后，这种感受就更加强烈了。我们和中国朋友入座不久，就有两名女士走到我的身边，像是遇到重逢的老友一样，热情地用一口流利的英语与我攀谈，向我讲述她们曾在美国留学的事，以及与美国人结下的深厚友谊，这一切都让我确定，中国是一个热情好客的国家。这里的人们都是易于接近和相处的，只要你愿意，那么你随时可以和他们成为朋友。不过这次酒店之行也让我深刻地体会到了中国人与美国人的区别。简单地说，中国人善于通过缩短与他人的距离来实现自己的目标，而美国人则更愿意将成功的希望寄托在时间的充分利用上。

事实上，中国人与美国人的区别并不仅仅体现在他们对待时间和空间的态度上，还体现在他们的衣食住行等方面。举例来说，如果一个美国人请人吃饭，请客时所食用的餐点与平时并没有太大差别；而如果一个中国人宴请他人，那么他就会尽可能地多准备一些美味佳肴。（在酒店的那个晚上，我们被邀请品尝了上海当地的各种特色菜肴，其种类之多样、价格之昂贵简直令人难以置信，而我完全有理由相信，我并不是唯一被这样对待的客人，在大多数中国人的眼中，只有这样做才能体现出对客人的重视和欢迎，如果有人不这样做，就会被其他人看作失礼，正是观念的差异造就了中国人独特的请客习惯。）在购物时，对于如我这般的美国人来说，唯有物美价廉的商品，才是自己真正愿意接受的商品；然而大多数中国人都不会选购日本的商品，不论日本的商品是多么物美价廉。我曾经看到一位学生打扮的中国年轻人，毫不犹豫地跑到美国的商店去买棉袜，对日本便宜了数倍的同等商品视而不见，没有哪个中国人会在日本商店里购物。

杭州：经济和精神上的双重富庶

　　离开上海这座港口城市后，我和夫人一起到中国南方的知名城市杭州游览，那座城市留给我的最深刻印象就是它的富庶。事实上，在我们到达杭州以前，我的一位中国朋友就曾对我说过："在中国，能像杭州一样富庶的城市屈指可数。"尽管如此，当我真正踏上杭州的土地时，我仍然被杭州的繁华和富庶震惊了。

　　我们到达杭州后，最先映入眼帘的就是位于整座城市最外侧的城墙。这段城墙是由无数坚实的大型砖块构成的，最高处能够达到24米，最低处也有4.6米那么高，岁月的侵蚀不但无损它的高大，反而使它变得更加壮观，我们不禁因它巨大的规模而感叹。然而，这并不是杭州城墙的全部，在城墙的里面，还有一道宫墙，帝王离开中国的历史舞台以后，这道为了守护皇城而存在的宫墙也就失去了存在的意义。很多中国人将这段城墙分割成一块又一块的砖头，用这些砖头来获取利润，或者是用它们来建造自己的房屋，这些砖头可以让许多为了温饱而苦恼的家庭在很长一段时间内衣食无忧，由此你就可以想象杭州城中究竟隐藏着多少财富了。

　　除了巨大的城墙和数不清的砖块，杭州特有的景观也向我展示了它那令人震撼的富庶与繁华。当你站在高高的城墙上面俯视着杭州，你会看见一望无际的田野和众多硕果累累的树木，瓜果的清香在不经意间钻入你的鼻尖，甜到你的心头。在田野的中央，零零散散地分布着数栋有中国特色的石屋，居住其中的人们三五成群在地里劳作，麦穗在风中起舞，远远看去就像是金黄色的波浪，为居住在这里的人们带来关于明天的希望。当你极目远眺，你会看到连绵不断的青山，高耸入云的佛塔，还有一片清澈的湖水，大朵大朵的睡莲正以生命中最美的姿态盛放在其中。由于距离太远，城市只在眼前呈现出一个模糊的影像，从远处徐徐吹来的温柔的风，会让杭州城中小贩的叫卖声、汽车鸣笛声和江南小调一起进入你的耳畔。而这一切都能让你感受到杭州特有的优雅与繁荣，使你对杭州的富庶留下深刻的印象。

不过，在杭州，富庶并不具有普遍性。我们游览杭州期间，在街道上见到了许多只有十几岁的孩子，他们那明显不合身的衣物和格外瘦弱的身躯让我意识到他们的家庭并不富裕。令人惊奇的是，在这些孩子的脸上，见不到任何愁苦和忧伤的神色，有的只是简单纯粹的快乐。我曾看到一个女孩站在街边，画一朵含苞待放的花朵。她在作画的时候无声地笑着，眼睛里闪烁着动人的色彩，仿佛她的生命中没有经历过任何的苦，然而不久后，我见到她和她的朋友们在工厂里辛苦地工作，由于没有任何机器，她和她的朋友们不得不凭借自己的双手来制造丝织品，在十个小时里只有一次休息的机会。我希望在不久的将来，这些孩子也能和那些富庶之家的孩子一样，出现在窗明几净的学堂里，用书籍和知识让自己和自己的国家拥有更加美好的未来。那些有幸与书本为伴的孩子也有这样的心愿，在结束课业后的闲暇时光，他们不是坐在某处悠闲地喝茶，而是去远方寻找那些无法进入学堂的同胞，教他们各种各样的知识和道理，教他们时刻以家国为念，他们将自己心头的火种，带给了更多的人。他们的所作所为让我意识到：杭州的富庶远不止于经济，在这座城市中最大的财富就是人们那种难能可贵的精神品质。

南京——传统与现代化的交会之地

　　在南京，中国人在某些方面的做法同样引起了我的兴趣，因为南京曾经是六朝古都，人们为人处世的方式都是纯东方式的。我能从他们的所作所为中，轻易地感受到古老中国所特有的气质，同时我也能从他们身上发生的缓慢的、不完全的变化里，看出大部分中国人对现代化的态度。正因如此，接下来，我将叙述那些令我感到新奇的事情，希望这样能帮助美国甚至是其他国家的人对中国人有一个更加深入的了解。

　　在南京，最令我感到不可思议的是这里的人对待令自己厌恶的人或事的方式，他们从来不会像美国人一样，直白地表现出自己对某些人或者某件事情的厌恶，他们习惯于用委婉的方式表达自己对某些人或者某件事情的厌恶。比如说，如果两个共事的人发生了矛盾，那么不满的一方在每一次与对方合作的时候，都会故意给对方添一些麻烦，他会让对方承担更多的任务，会在寄出信件的时候故意选择比较缓慢的传递方式，让对方为等待而心焦。

　　在美国人看来这似乎是完全不必要的，毕竟你消极的态度，足以令你不满的那个人明白你对他的看法了。换句话说，尽管你是使用这样的方式表达你的不满，但是在你表达过后，该发生的连锁反应根本一样都不会少，既然如此还不如直接表达自己的不满，然而中国人似乎并不这样认为。据我观察，如果两个人之间还有相互联系的可能，那么，他们就不可能这样做，他们会在合作的时候以消极的态度对待彼此，会欺骗、会隐瞒，但是他们绝不可能彻底放弃和对方的合作。在我看来这一点似乎是受在中国存在2000多年之久的中庸文化的影响，不可能轻而易举地改变。

说起中庸文化，我就不得不提起中国人独特的文化传统了。在今日的中国，你仍然随处可见那些拿着毛笔自得其乐地练着书法的文人，他们热爱书法，也热爱和书法一样属于中国传统文化的艺术精华。日常生活中，他们习惯以此为寄托，逃避那些令自己感到无奈和忧伤的现实。从文化发展的角度上来说，这种行为无疑是值得提倡的，如果从面对现实、改变现实的角度来说，这样做无疑会令那些身处困境的人彻底地跌入深渊。但是，除了当事人自己，没人能改变这种做法。可以说在某些特定的情况下，书法以及与之相关的中国传统文化相当于中国人逃避现实的麻醉剂，而这种麻醉剂是中国人所特有的，世界上其他国家的人都尝不到其中的滋味。

不过，并不是所有中国人都有用传统文化或是其他种类的知识逃避现实的机会。事实证明，在中国有很多人与知识的距离还很遥远，尤其是女性，在固有观念的束缚下，在中国接受过严格、系统教育的女性可以说是凤毛麟角。这一点在我还没有来到中国之前就已经有所耳闻了，庆幸的是，当下这种情况已经发生了改变。

在我到达南京的第五日，我受一位夫人的邀请，前往她的住宅与她和她的朋友一起喝下午茶，这期间我们谈论起中国和美国的一些问题。我惊奇地发现"女子无才便是德"这句中国古话加诸她们身上的束缚已经在无形当中消失了，她们不再像以前我们所熟知的那样仅仅问一些客套的话，把发言权都交给自己的丈夫，而是勇于提出自己对各种问题的看法，尽管有许多事情她们并不是很清楚，但是她们已经开始尝试着接触更多的文化，将自己从家庭的束缚中解脱出来走向更加辽阔的天地。更令我高兴的是，在我问起家庭中孩子的教育问题时，那位邀请我前来做客的夫人告诉我，家族的女孩中有一位已经被送到天津的学校接受系统的、全面的教育了。当然，仅仅做到这一点是远远不够的，最理想的结果应该是家族中的男孩还有女孩都被送往学校接受系统的教育，只有这样他们才能更好地适应以后的生活。但作为一个教育工作者，我会在访华期间尽可能让守旧的中国人意识到公共教育的重要性，进而使中国形成完整教育体系的那一天尽早到来。

中国"心脏"的独特景观

近日，我和夫人从南京到达了北京，在中国的历史上，这座城市曾数次被当作国家的首都，即使是在今天，这座城市在中国依然是处于一个非凡的地位。它有中国最顶尖的学府，毫无疑问，对于初到中国的美国人来说，这里是中国最神秘也最有趣的存在。我们可以在这里轻而易举地发现中国这个已有几千年历史的国家所特有的古老文明，也可以在这里对生长在中国这片广袤大地上的人们有一个更加深入的了解，因此初到此地，我和夫人就怀着激动的心情，迫不及待地观察着这座城市的一切。

事实上，由于处在不同的经纬度，北京和纽约的气候是极为不同的。纽约的六月，我们时刻都处在潮湿空气的包围之下，只要一出门身上就会出现一层薄薄的水气，而在北京这是根本不可想象的。强烈的阳光，蒸发了一切可能存在的水分，连吹来的风都带着灼热的气息，在这种环境下，我觉得自己就像是一条被扔到沙滩上的鱼，连呼吸都变得困难了。为了让自己好受一点，我只能像酒店的服务员向我建议的那样，在正午的阳光来到这片土地之前，将窗户关得死死的并用具有中国特色的竹帘来遮挡强烈的、刺目的阳光。尽管如此，逐渐升高的温度还是让我备受折磨，甚至有那么一刻，我希望自己能够立刻出现在纽约的街头，迎着吹来的微带寒意的风肆意地奔跑。

然而，中国的一切都非常适应这样的温度。在宽阔的街道上，有许多人正急匆匆地奔向自己的目的地。炽热的阳光，毫无遮挡地照射在他们的身上，可他们却一点儿不在意，至少，我没有见到任何一个人，以躲避阳光为目的偏离自己的路线。在广阔的田野上，各种各样的农作物多数都在以飞快的速度走向成熟。少数令人沮丧的农作物之所以生长得过于缓慢，只是因为它们所处的土地是不适合植物生长的沙石地，与高温天气没有一点儿关系。

在北京，让我感到惊奇的事情远不止于此。游览过程中，我发现这里的人们都十分热衷于通过干涉植物自然生长的方式，使植物变得更具观赏性。以中国的国花——牡丹为例，大多数情况下中国人都会将牡丹长出的根茎都去掉，仅留下娇艳欲滴的花朵和鲜嫩的淡青色的枝叶。不仅如此，他们通常会将自由盛开在原野里的花儿移植到自家的庭院或者是马路的两旁，并且将它们摆成各种各样的几何图形。在我看来，这样的操作无疑磨掉了花朵所具有的原始的、野性的美，但这也同样让花朵变得更加优美和动人。没有在一个恰当的时间内好好欣赏这些芬芳的花朵，是我在中国的一大遗憾。

庆幸的是，我没有错过其他令自己感兴趣的东西。在来到北京的第二天，我如愿以偿地进入了颐和园，像人们所说的那样，这里是中国最富丽堂皇的地方之一。从入口开始随处可见有中国特色的浮雕，在靠近中心的地方我们发现了一个长达两英里的亭子，亭子的顶端有许多色彩鲜艳的画，在这些画里牢牢地占据中心位置的是在中国有象征意义的龙凤还有其他一些象征着富贵和权势的图案。这些画并未让我感觉到震撼人心的美，有可能是东西方文化差异的缘故吧。

我还站在窗边参观曾经的宫室中的陈设。我看到了举世闻名的景泰蓝，还看到了一整块做工精致的丝绒地毯和黄色的丝绸幔帐，不难想象这间宫室曾经有多么地金碧辉煌。然而，我感受到的只有无法忽视的陈旧感和衰败萧条的凄凉氛围。宫室的各个角落都落满了厚重的灰尘，器物被随意地放置在桌子上，地毯上也有明显的黑色脚印，地上甚至还有一束早已枯萎的花朵和陶瓷的碎片。这多少令我有些沮丧，不过北京的博物馆"告诉"我，这并不是北京或者中国的全部。在博物馆里我见到了许多精美绝伦的瓷器和玉器，它们向我展示了中国的文化，以及中国人特有的在艺术上的造诣，我敢说到目前为止，没有哪个国家的人民能像中国人一样，在生产力水平明显低于现在的过去，创造出如此多的稀世珍宝。当然，这和智力并没有太大的关系，中国人之所以可以一次又一次地创造出文物史上的奇迹，是因为他们对美的追求和他们协作的生产方式。在中国的这些日子里，我发现中国人习惯于像蜜蜂一样，通过协作来完成一项工作，甚少有人将完成一项工作看成自己一个人的事情。显而易见，这种以群体力量完成任务的行为，会帮助他们做成许多不可思议的大事。

不过，任何事情都是有利有弊的，协作这件事情也不例外。不久前，我去拜访了一位中国朋友，他正因为屋子里的积水烦恼不已，我问起缘由，他对我说，如果要将这些积水全部处理掉凭他自己是不行的，他需要雇用两三个人来帮他把水全部装到桶里，然后再请人将那些桶带到特定的地方处理掉，这需要一笔极大的开销。更重要的是，他无法在一个比较短的时间里找到这些帮助他的人。在我见他之前，这些积水已经在那里积了三天，而他依然束手无策。事实上像他这样因为协作导致事情无法完成的中国人有很多，尽管如此，他们的观念也不会轻易发生转变，对于这一点，我心知肚明。

不过，在中国已经有人正积极地转变固有的思想观念，这种观念的转变不仅涉及协作还与其他方面密切相关。比如，当他们发现某样东西会让自己的生活变得更好时，他们就会积极地接纳那样东西，而不是像以前那样认为只有自己熟知的那些东西才是优秀的、值得应用的，我认为这种转变对中国人是非常好的。不过，我又非常好奇，是什么让中国人在短时间内改变了自己的固有观念。因此我和夫人去了清华学校（今清华大学），拜访那些积极改变自己观念的学生，与他们进行了交谈。这次拜访让我对中国的学生群体有了非常不一样的认识。在这以前，我总觉得这些学生昼夜不歇地勤奋苦读是为了自己能有更好的前途，但是通过那次拜访我发现比起那些，他们更在意的是，如何凭借自己的力量让自己的家园变得更加美好。为了做到这一点他们付出了许多努力，也遇到过许多困难，即便如此，他们也从来没有想到要退却，见到他们，我才真正理解了我的中国朋友们常说的那一句"以天下为己任"的真正含义。不仅如此，我还在他们身上感受到中国人那种生生不息的力量和强烈的责任感，比起与纽约迥异的气候和景观，这才是北京这座城市带给我的最大震撼。

新时代的书香门第

在北京盘桓期间，我曾去一位中国朋友家中做客。这位朋友的家庭是中国人所推崇的"书香门第"，它的一切都表现出中国传统家庭的特征，我还从中了解了当下中国人对待生活和家庭的态度。有鉴于此，我决定将那次的做客经历全都记录下来，以帮助对中国好奇的诸位对中国有一个更加深入的了解。

当我出现在这位朋友家中时，受到了很隆重的迎接，奇怪的是，我并未见到这位朋友的妻子。当我问起时，这位朋友支支吾吾地对我说，他的妻子身体不适，不方便出来见客，说完，像是为了掩饰什么似的，这位平日里从不高声说话的儒雅男子大声地让他的女儿出来招待客人。直到后来，我才知道，这位朋友同时拥有两位妻子，在我来访之前，这两位美丽的妻子，曾为了谁更适合招待我这个异国来客争论不休。而那位无法做出抉择的朋友为了平息两位妻子之间的干戈，只能让两位妻子都留在房间里，所谓生病只是一个体面的借口罢了。

细说起来，这场萧墙之患正是由我引起的，不过当时的我完全没有注意到这一点，彼时，我正用心观察着席间的众人。事实上，除了我的朋友之外，其他人都是尚未成年的孩子，有的甚至正牙牙学语。我的朋友是一位非常慈祥的父亲，在他眼中所有的孩子都是属于他的无价之宝，而他非常乐于将这些宝物展现给其他人，因此，每当有客人来访的时候，他会让自己所有的孩子都出来与客人见面。

　　值得一提的是，那位不得不承担起女主人职责的女孩，是他唯一的女儿。也许是因为她的年龄是所有孩子中最大的，时常要担负起照顾弟弟们的职责，她看起来要比实际年龄更为成熟，不过这丝毫无损这位青春少女身上的魅力。她当时正在北京一所教会学校学习，因此整个晚上，她都用一口流利的英语和我们交谈，她的话有趣、幽默，而不落俗套。我能感觉得出，这个女孩受到了良好的教育，她不仅精通中国的古典文化，还了解欧洲各国的知识。

　　当我为此赞叹不已的时候，我的朋友脸上都是满足的笑意，很显然他为自己有这样的女儿而感到无比地骄傲。不过，他仍然向我强调："现在在中国或者至少在北京，已经有很多孩子像我女儿一样，同时接触着中外文化，她们都很优秀。"我并不清楚这句话有多少是出于谦虚，不过，与朋友以及他孩子的交谈，使得晚餐时光过得飞快。

　　在这场宾主尽欢的晚餐结束之后，我在朋友的带领下参观了他的家。这是一座背靠紫禁城（今故宫）的大宅子，里面有许多小巧精致的院落，还有数十间房屋。朋友对我说，这些房屋的绝大部分都是闲置的，他和家人只住在靠近天井的那几间屋子里，因此它们多少显得有些破败。但是在我看来，这些闲置的房屋反而更具中国的古典之美。院落中有一个小巧的石桌，旁边还放着几个石凳，我和朋友坐在那里，品着咖啡，时而抬头看着风轻云淡的天空，时而看看不远处高耸的白塔，觉得非常惬意。

　　就这样，当我从朋友家离开的时候，已是暮色苍茫，我本打算径直回到自己的居所，却被田野里的农人吸引了。他们似乎完全没有意识到明月当空，仍然不知疲倦地在做些什么。我走上前去询问，一位热心的路人回答我说，由于非常干旱，扬谷去糠需要比以前花费更多的时间，因此他们才会利用夜晚尽快完成这一工作。听起来，一切似乎都是农作物及气候的原因，但是看着不远处农人不知疲倦的身影，我自认为，这和中国人的勤劳品性是密不可分的，气候这种自然因素，顶多算是构成这幅"农人夜忙图"的一个诱因罢了。这样感慨着，我缓步离开了田野。在回去的路上，我发现，中国的农作物和中国人一样有着旺盛的生命力，尽管周围的空气干燥无比，尽管时时被覆盖在尘沙之下，它们依然顽强而倔强地生长着，只等来日一场大雨，它们就能重新焕发出勃勃生机。思及今日所见到的一切，眼前的景象使我感到由衷地喜悦。

东方哲学——令人震惊的智慧结晶

　　在我的认知里，中国一直是一个与众不同的、非凡的国家，从存在的时间上看，到目前为止这个国家的历史已经可以追溯到5000年以前，这在世界上是绝无仅有的。当我翻开记录着这个国家曾经的峥嵘岁月的史书，我就会发现：这个国家所走过的、漫长的五千多个春秋，并不是像一潭死水那样平静乏味，而是像一条日夜奔流的大河，每时每刻都溅起独一无二的浪花。

　　除悠久的历史外，中国所拥有的璀璨的文明也令世界瞩目。中国人不仅创造出了火药、指南针、造纸术、印刷术这四种改变世界发展进程的发明，还创造出了许多绘画、雕刻方面的艺术珍品。敦煌莫高窟里的壁画，即使是欣赏过多次仍能让人震撼不已。昭陵六骏中的骏马雕像，将昔年在战场上飞驰的骏马活灵活现地展现在世人眼前。此外，中国人还在诗歌上取得了极高的成就，无论是中国的第一部诗歌总集《诗经》，还是至今仍被中国人挂在嘴边的八股、骈文，都足以令全世界为之瞩目。这些不仅使中国这个东方古国拥有了属于自己独一无二的气质，还对中国周边许多国家的文化发展产生了不可忽视的影响，韩国和日本的文字皆是由中国的汉字简化而来的，它们的文化体系与中国的文化体系是密不可分的。无论是美国还是欧洲国家，其文化影响力都不足以和中国媲美，它完美地展示了中国的强大、昌盛和不同凡响。

　　不过，最令我这个异国来客感到惊奇的，既不是中国那汗牛充栋的史书上记载的漫长而波澜叠迭起的曾经，也不是这个国家的人民创造出的璀璨夺目的智慧结晶，而是这个国家形成的无与伦比的生活哲学。

在与中国人接触的过程中，我发现，中国人一直以一种平静审慎的态度对待他们面临的种种挑战、危机和新事物，他们极少发表一些个性鲜明的言论，也从不肯轻易地接纳新事物。在过去的两百多年甚至是更久远的时光里，他们一直紧闭大门，坚持将农业作为个人和国家生存的根本支柱，这在世界上是绝无仅有的。其他国家总是很快地接受一种影响力较大的新事物，与之相对的，没有哪一种事物能在这些国家里长久持续地引起人们的关注和重视。世界上曾尝试以农业为生的国家不知凡几，可是大多数国家都在几百甚至几十年后，放弃了农业转而以其他的方式谋求生存，能自始至终将农业视为经济支柱进而形成农业社会的，只有中国。

那么究竟是什么使得中国人形成了审慎、平静得近乎麻木的性格，又是什么使得他们在漫长的几千年中，始终坚持着将农业视作谋生的唯一手段，而将其他可能存在的创造财富的方式都置诸脑后呢？经过长时间对中国文化的探索和与中国人的相处，我发现，中国人之所以会形成这样的性格和为人处世的方式，是因为他们身体里存在一种固守旧有文化的、排斥外来事物的、强大的、曾经帮助他们创造了无数辉煌的力量，而提供这种力量的，正是他们在漫长的时光里一直奉行的哲学思想。接下来我将详细地讲述，这种生活哲学是如何创造出了不可思议的力量的。

事实上，中国人所奉行的哲学思想，并不像其他国家人们所奉行的哲学思想一样，纯粹是一家之言。在他们固有的哲学体系中，既有儒家思想也有道家思想。其中儒家的创始人是一位生活在中国春秋时期的哲学家孔子，他不仅是一位哲学家，还是一位试图凭借道德和文化的力量，左右春秋时期局势的官员。他和他的后继者们所开创和发展的儒家学说，始终都在向人们强调人的才能和道德品质对社会发展的重要性，这种学说受到了志在朝野的读书人和居庙堂之高者的重视。他们将其视为整个国家的正统思想加以弘扬，其根本目的是通过这个一直强调精神力量胜过人的行为创造力量的思想，为君主的存在提供合理性，从而使百姓听从君主的命令。这个目的被实现了，在过去的很长一段时间里，百姓都在儒家思想的影响下，对他们的君主展现出了非同一般的大度与包容。他们甚至将决定一切的权力毫无保留地赋予了君主。正因如此，他们才会在一些事情发生的时候保持超乎寻常的冷静。

在这一点上，道家思想和儒家思想起到了同样的作用，其创始人老子强调"无为而治"，即人应该顺应自然的法则，以绝无仅有的毅力包容、忍受自然和人世间的各种纷乱，直至它们在时光的流逝中变为尘埃。这种思想在民间得到了广泛的认同，人们在这种思想的影响下，形成了顺其自然的人生态度，而这种人生态度使得他们固守着旧有的劳作方式，用双手在自然中获取财富，并且排斥一切机器制品；这种人生态度也使得他们无视新生事物的功用。这毫无疑问造成了中国工业水平的落后以及与之相应的经济的落后，甚至可以说这种思想是造成中国在新的形势下处于弱势的罪魁祸首。

如果从这一点上看，不管是儒家的哲学还是道家的哲学，都是落后的，应当被时代淘汰的。然而，事实却并非如此，因为正是这两种哲学思想，使得中国人以郑重的心态相对合理地对待自然资源，从而无后顾之忧地享受自然的馈赠。除此之外，正是这两种哲学思想为中国人提供了无与伦比的思想道德上的力量，使他们在遭遇磨难后，迅速地团结起来形成一股力量；让饱受摧残的土地在短时间焕发出新的生机，周而复始地繁荣下去。这足以证明中国人的哲学观念存在的价值，它虽然是阻碍工业发展的不利因素，但更是守护这片土地的旧有秩序，使其井然有序发展下去的有利条件。如果没有这种哲学观念，那么中国人只怕早已失去对生活的希望了。

在我这个异国来客的眼里，中国哲学观念最应引起人们重视的那部分是它的实际性。假如你对中国的哲学观念有一个深入的了解，你就会发现所有的哲学观念都围绕着一个中心：事倍功半。也就是说，这种哲学观念提示人们，在完成一件事情的时候，手段、方法都是次要的，都要以得偿夙愿为目的。这种实际性使得这个国家的百姓习惯用各种各样的方式达到自己的目的，而不拘泥于某一种形式。如果有谁认识不到这一点的话，一定会被中国人多变的态度和处事方式弄得晕头转向，不知所措。

念念不忘的中国 "奇物"

在中国，有三样 "奇物" 令人念念不忘。这三样 "奇物" 是瓜果、房屋以及文字，毫无疑问这三样 "奇物" 都有中国特色。

如果是在美国，顾客们能够接触到的瓜果都是成熟度欠佳的，它们的颜色和已经到了成熟阶段的瓜果有非常大的差别。我本以为市场上贩卖这样的瓜果是一种惯例，然而在中国，你根本见不到这样的瓜果。商贩们将熟透的瓜果随意地放在道路两旁贩卖，无论你再怎么仔细寻找，都不可能找到未完全成熟的瓜果。我曾经问过我的朋友为什么这些瓜果的品质如此上佳，他对我说："瓜果有好有坏，在任何地方都一样。之所以街市上人们见到的瓜果都是品相上佳的，是因为那些一眼望去便知滋味不佳的瓜果，全都被农人们摆在了自家的餐桌上。"朋友解释得云淡风轻，我却有些无言以对。从那以后中国瓜果的好便被我时时记在心间念念不忘，因为我知道这份好是沉甸甸的，在它的背后是中国人的诚信。

中国的房屋之所以令我念念不忘，是因为在这些建筑的背后往往隐藏着中国人的审美观和行为准则。中国的房屋最显著的特点就是它的颜色一直都非常鲜艳，无论是在江南水乡还是在北京这样的中心城市，你都可以见到被各种颜色所点缀的房屋。这些颜色并不是随意使用的，它们往往象征着房屋主人对自己未来生活的期望。只要你能懂得这些颜色的含义，你就能更加深入地了解中国。因而在我眼中，中国的房屋是一个值得探寻的神奇所在，是中国最具吸引力的事物之一。

在中国，最能体现这个国家独特之处的并不是房屋而是文字。从音节的角度来看，中国的文字并不像美国和其他国家的文字一样，有多种多样的变化形式。从语音的角度看，在辽阔的中国大地上，几乎每一个区域都有一个特定的语音，到目前为止，我接触过的就有12种。这不仅体现了中国地域的辽阔，还体现出中国文化所具有的特殊性和地域性，对于一个外来者来说，这些无疑是难以掌握的，但是也是极具魅力的。从书写的角度看，中国人造就了500多个部首，而所有的汉字都是由若干部首搭配而成的。以我的名字为例，中国人将我的名字写作杜威，其中杜是由土和木这两个部首组成的，前者代表的是植物赖以生存的土地（land），后者代表的则是郁郁葱葱的树木（tree）；威这个字的组成则更为复杂，我只知道其中一个部首是女（girl）；至于这个字的其他部首，原谅我实在不知应如何表达。据说这些字之所以由这些部首而不是别的搭配而成，是中国古人按照一定的原则决定的。但是如果你问我究竟遵循了什么原则，那我实在无法给你答案，尽管我在中国已经待了一段时日，但对于此我还是一无所知。很明显文字上的差异将会给我的生活造成不便，但是我还是非常热衷于学习和了解这些对我而言过分复杂的文字，因为我知道这些文字的背后是中国人几千年来坚持的观念和信仰，了解了它们就能更好地认识生活在中国这片广袤土地上的人。

面纱下的神秘真容

在我离开中国后，有许多人问我：中国人究竟是什么样的，他们身上有哪些吸引人的特质。我认为中国人身上有四点是最吸引人的，分别是他们高超的烹饪技术、他们的勤劳、他们独特的金钱观念，以及他们的热情开朗。在我看来每一个中国人都是有天赋的美食家，是勤劳而不知疲倦的劳动者，同时他们也是精打细算的消费者和热情开朗的交际能手。

在饮食上中国人有许多处理食材的方法，举例来说，如果你向一个中国人请教做鱼的方法，那么他会告诉你这条鱼可以用蒸、炸、炖等多种方式来料理，毫无疑问这些料理方式会让食材拥有更加鲜美的滋味。至今，我仍然对我在中国吃到的美食念念不忘，不过这并不是我将中国人称为美食家的唯一理由。在我客居中国北京的时候，曾被一位朋友请到家里用餐。用餐期间，我们谈到冰激凌，这引起了朋友小女儿的注意。这个看起来只有五六岁大的女孩不厌其烦地一遍遍向我强调："冰激凌这种寒凉的食物只能称之为零食，不能称之为点心，点心指的是那些温热的食物。"在他们眼中将冰激凌当作点心是非常不可思议的，这种情况不仅在美国不存在，在其他国家也极为少见。

中国人的勤劳可以说是举世闻名，在我未曾拜访过中国之前，对这一点就有所了解。而我到达中国之后，对这一点则有了更深的体会。这种体会是黄包车车夫带给我的。

在中国北京，黄包车称得上是一道独特的风景，只要你在街头站上一会儿，就会有黄包车出现在你的面前，带你去任何你想去的地方。我曾经与一位黄包车车夫攀谈，询问他的休息时间和地点，他给我的回答是他会工作到筋疲力尽，而他的黄包车就是他休息的地方。更令我感到不可思议的是，他能在烈日之下连续奔走数个小时，从未因为天气的原因而休息过。当我询问他为什么能坚持在炎热的天气里奔走这么久而不需要任何的休息时，他只是轻描淡写地回答我说，他已经习惯了。试问，在这个世界上，还有什么人能像中国人一样勤劳呢？

中国人在消费上都是很节俭的，首先，他们一直秉持着能自己动手就不要用钱解决的信条。举个例子，你在中国见到的那些被派上各个用场的木板，几乎都是中国人自己动手制造出来的。如果你建议他们花钱去买，他们会觉得不可置信。

其次，他们非常善于利用大自然的免费资源。在马路边上，你经常会看到一群青年男女，拿着一根很长的竿子，将树上还没熟透的苹果或李子打下来吃。事实上这些水果并没有他们期待得那么可口，这一点，从他们紧皱的眉头就能看得出来。然而，这丝毫无损他们从路边的树木获取果实的热情。对他们而言，这种方式是他们获得水果的主要，甚至是唯一的途径。除了那些"富家子"，没有人会将金钱用在买水果这件事情上。也许有些人会认为，这是商品太过昂贵的缘故，但事实并非如此，在美国只能买一点儿廉价糖果的钱，在中国可以换来上百个鸡蛋。他们的这种行为只能归因于他们节俭的本性。

他们的热情开朗似乎也是与生俱来的。有一次，我在北京一所大学进行演讲。演讲结束后，一个不满十岁的小男孩跑向我，用中文向我说了很长一段话，我的中国朋友告诉我说，他想向我表达的意思是他很喜欢我，想问我这个异国来客是否见过他的舅舅——一个在美国一所大学里读书的学生。我注意到，当我的朋友向我说这番话的时候，这个小男孩一直专注地看着我，我在他的眼睛里看不到任何的害羞和恐惧，有的只是期待和对我的好奇。当我略带歉意地对他说"美国很大，我和你的舅舅不曾相遇"的时候，他也没有流露出非常失望的神色，仍旧热情地邀请我去他的家里做客。自始至终，他的身边都没有出现过任何一个成年人，很明显，他的所作所为皆是出自本心。此事打破了我对中国人固有的印象，让我意识到中国人并不仅仅是含蓄内敛的，在他们的身上也有火一般的热情，这和中国人身上的其他固有品质一样让我感到惊叹。

　　我之所以要将这些都用文字的形式公之于世，是希望美国乃至全世界的人民都能对精于烹饪、勤劳、节俭、热情开朗的中国人有一个正确的认识，用更加恰当的方式来对待他们，并由此与他们结下深厚长久的友谊。

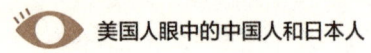

附录一　杜威小传

打破家族传统的少年

　　约翰·杜威不仅是教育家、哲学家，他还是芝加哥学派（传播学派）的先驱，美国实用主义的代表人物之一。无论是芝加哥学派还是实用主义，都与美国社会科学有着千丝万缕的联系。对于美国的社会科学而言，芝加哥学派以及实用主义给其带来的影响是深远的。可以说，杜威在美国社会科学领域有着不可动摇的地位。

　　伯灵顿所在的佛蒙特州属于美国新英格兰地区。19世纪中期的伯灵顿和现在一样，都是佛蒙特州的文化和商业中心。最初的伯灵顿并没有这样繁华，后来有一群加拿大人在这里建起了工厂，才使这座城市的工业得到了发展，也使它渐渐走入了人们的视线之中，很多有钱的商人随之发现了这里隐藏的商机。于是，他们在这座城市及其周边修建起了许多住宅。后来，汽车渐渐普及，很多有钱人就从其他地方搬了过来，并在这里建起了洋房别墅。但是，这一切都无法改变伯灵顿的新英格兰传统特点。

杜威就出生在这座环境优美的城市。1859年10月20日，杜威出生在一个中产阶级家庭。1859年是非比寻常的一年，因为很多哲学家在这一年出生，很多推动人类的发展的著作在这一年问世。法国哲学家柏格森和德国哲学家胡塞尔同杜威一样出生在这一年；达尔文的巨著《物种起源》在这一年问世，同样在这一年问世的还有穆勒的《论自由》，斯宾塞的《什么知识最有价值？》等。

杜威的父母是杂货商，他是这个家庭里的第三个孩子，他的大哥在出生后不久便夭折了；他的二哥比他大一岁半，名字叫作戴维斯·里奇·杜威（Davis Rich Dewey）；他们家最小的孩子叫作查尔斯·迈纳·杜威（Charles Miner Dewey），三个孩子一起在附近的公立学校读书。

伯灵顿绝大多数的孩子都在这所公立学校里学习。这些孩子的家庭也各不相同，有家境贫寒的，也有家境富裕的，在这里读书的不仅仅有本国公民的孩子，外国移民的孩子也有大部分在这里读书。

在伯灵顿，很少有孩子会去上私立学校，因为那样会被人们认为是傲慢无礼或柔弱无力的。所以，这里虽然居住了许多地位显赫的人，但就整体而言，这里的生活还是相对平等的，并且人们之间的关系也比较融洽。如果从更深一层的意义上来看，这里的生活几乎称得上是平等、没有阶级区分的，这样的生活方式对于生活在这里的人而言是理所当然的。

阿奇博尔德·斯普拉格·杜威（Archibald Sprague Dewey）——杜威的父亲，出生于1811年。他住在佛蒙特州的北部，一直都未成婚，直到后来遇到比他小了将近20岁的露西娜·里奇（Lucina Rich）。夫妻俩第一个孩子出生的时候，阿奇博尔德已经40多岁了，不过他们家族的人结婚生子都比较晚，所以也没什么稀奇的。

与阿奇博尔德之间隔着四代人的托马斯·杜威（Thomas Dewey），早在

1630年左右就在马萨诸塞州定居了。在美国独立战争之前，阿奇博尔德的父亲就已经出生了。整个杜威家族的分支有很多，后来，在杜威家族的某位成员的努力下，整理出了一份家谱。这份家谱表明家族中的确有祖先是贵族血统，不过是女方的，杜威家族从头到尾都只是平民。根据家族的传说，当初托马斯·杜威的父母受到了阿尔瓦公爵的迫害，于是他们全家人就离开了佛兰德斯。

托马斯·杜威住在马萨诸塞州的多切斯特，多切斯特的名字来源于一个位于英国多塞特郡的古老集镇，有很多移民到这里的居民曾经住在那个集镇里，所以就给他们现在居住的地方取了相同的名字。他们当初从英国的多切斯特离开，原因大概是与乘"五月花号"（Mayflower）从英国德文郡离去的人们相类似。

历史上曾经有一段时间多切斯特的人口非常稠密，可以说这里是新英格兰地区人口最为密集的地方，以至于无论是务农还是经商，这里都似乎太过拥挤了。可能托马斯也发现了这一点，于是他和一些有着相同观点的居民，在1635年10月的一天，一起踏上了前往康涅狄格州的旅途。

来到康涅狄格州之后，托马斯的六个孩子相继出生了。他们在接受了初等教育之后，都没有选择继续读书。后来，这六个孩子的后代就一直居住在康涅狄格河附近的村落里。1716年，杜威的祖父马丁出生了，从出生开始他就一直居住在马萨诸塞州，直到他被教会开除——他娶了自己亡妻的妹妹。

杜威的父亲阿奇博尔德·斯普拉格·杜威出生在农民家庭，只接受过一丁点儿的教育，不过他却没有务农，而是做起了小生意。他对于读书有着浓厚的兴趣。那些他娴熟使用的类似演说的语言和措辞就是从不同的书籍中学来的。阿奇博尔德经常阅读的是弥尔顿和莎士比亚的作品，有时候他还会在工作时反复地诵读他所喜欢的句子。当然这是他的个人兴趣，他甚至还在朋友的帮助下，学习了苏格兰的方言。如果孩子对他诵读的这些句子有兴趣，他就会多诵读一些句子给自己的孩子听，并从中获得一些乐趣。阿奇博尔德在演说方面很有天分，他常常通过对别人的赞美来给自己的生意打广告。在那个印刷和媒体尚不发达的年代，阿奇博尔德凭借自己非凡的口才，为自己在那一片地区博得了一个响亮的名声。不过，阿奇博尔德显然不具备赚钱的能力，因为他出售的商品数量比其他商人都要多，但是钱赚得却比他们少许多。

阿奇博尔德曾在佛蒙特州的骑兵团里服役，当了四年军需官，他记得当年听过的炮火的声音。他的记忆力也很好，那些他所经历过的事情，他都能清楚地记得，甚至可以回忆起其中的细节，他向孩子讲述自己的童年，讲述他在军队的生活。

杜威的母亲叫作露西娜·里奇，她家大概是和杜威家在同一个时期定居美国的。露西娜的家庭比较富裕，她的兄弟们都受过大学教育，她的祖父还曾经担任过美国国会议员。露西娜的父亲戴维斯·里奇是一名陪审法官，在艾迪森县法院工作，人们称他为"律师"里奇。他为人正直，具有很强的判断力，附近的人们遇到争端，都喜欢请他去仲裁。

露西娜是一个热情的人，她对孩子的要求也很严格，甚至比丈夫更加严格，她常常会给孩子制定一些具体的目标。他们的孩子能够接受到大学教育，打破杜威家的"传统"，露西娜功不可没。

杜威的父亲和母亲都是喜欢读书的人，他们给自己的孩子创造了更好的条件，并经常为他们寻找一些十分有益的书籍。有一次，杜威的父亲和母亲在书籍拍卖会上花了很多的钱，买回一套伊弗雷姆·钱伯斯的《百科全书》和一部沃尔特·斯科特的《威弗利》。这些书价格不菲，那些与杜威家庭条件相似的家庭都没有做到这一点，甚至那些家庭条件远胜杜威家庭的也没有做到。正好那时候，学校的图书馆新进了一批书籍，本地的公共图书馆也建立起来了，这就给孩子提供了更多的、有益的书籍。

阿奇博尔德和露西娜的婚姻是非常圆满的，虽然他们的性格不同，年龄的差距也很大，但是这些都没有在他们的感情中形成阻碍。在父母的影响下，孩子的生活也是健康而又简朴的，但是却与他们四周的生活潮流有些脱节了。

在父母的影响之下，杜威最大的爱好就是读书，各种类型的书他都有所涉猎，除了他之外，他的哥哥戴维斯也非常喜欢读书。杜威小时候有些内向，很容易害羞，甚至有时候看起来还有一些忸怩之态。杜威有一个表兄，叫作约翰·帕克·里奇，他很小的时候就失去了母亲，那个时候阿奇博尔德在军队服役，家里只有露西娜一个人，所有的家务活都是她一个人做的。

表兄约翰对于杜威而言就像另一个亲兄弟一般，他们经常一起游戏。他们还有两个朋友，是表兄约翰的远房表亲，略微年长一些，两个朋友的父亲是贝克姆，也就是佛蒙特大学的校长。

那个年纪的孩子对一切都充满好奇。学校放暑假的时候，杜威他们几个人经常去外祖父家的农场里。农场距离村子里的百货商店非常近，而且农场里还有十分舒适的住宅，他们都很喜欢待在那里的。他们还经常去亲戚家的磨坊和锯木厂，一待就是几个小时。所有的亲戚都在工作，孩子们都十分好奇，他们在一旁观察了亲戚的工作方式之后，主动要求帮忙。亲戚也很高兴地引导着孩子们对他们的工作方式进行学习，而杜威也在这一过程中了解了这些简易工农业的整个工作范围。约翰·里奇的父亲经营着一些石灰窑以及一些别的企业，这些孩子有时候也会去探望他。所有的经历都比书本上的知识更让这些孩子感到新奇。

那时候的学校教育很死板，主要依靠的还是读、写、算，学生每天都在死记硬背，因为教育工作者认为，只有这样的方法才能训练一个人的智力，才能真正让一个人获得知识。但是显然，这样的学校生活压抑了学生的天性，学校的生活让学生十分厌烦。杜威也不例外，虽然学习课本对他而言并不困难，也不是什么负担，但是他的兴趣却并不在此，课外的书籍才是他最喜欢看的。不过，幸好有一些老师并不拘泥于这样的教育方式，他们常常鼓励学生多思考、多讨论，甚至有时还会带领学生一起对外界的问题展开热烈的讨论，这才缓解了杜威对学校的厌恶。

因为阿奇博尔德还在服役，长期与丈夫分居两地的露西娜越来越烦躁，于是他们一家人搬到了司令部驻地。这次搬家给杜威留下了深刻的印象——这个地方实在是太过荒芜、太过贫穷了。

当时的佛蒙特州是禁酒的，但是许多社区里还是存在非法的酒店。阿奇博尔德在尽量消除它们所带来的不良影响时，严格遵守法律经营这个镇子上拥有合法执照的药房。他那种伟大而又高尚的精神，在商业上所具有的同情心，让杜威对生活有了一定的认识。

这里的环境是优美的，杜威和哥哥戴维斯常常去旅行。他们带着帐篷与炊具，甚至还搞到了一艘皮划艇，贝克姆家的两个朋友常常与他们一起。后来他们还结伴去加拿大旅行，并且在旅途中练习了他们自学的法语，正因如此，这些孩子在学校开始教授法语之前，就已经能够看懂那些摆放在公共图书馆书架上的法文小说了。

童年的生活对于杜威今后教育理论的形成起到了很大的影响，他看到所有的亲戚都参与到家务活中来，于是便也参与了进来，承担了一部分家务活。此外，在亲戚的引导下，他也对于简易工农业的工作范围有了一定的了解。他对学校感到厌烦，除了课本，所有的书都能引起他的兴趣。可以说，杜威在上大学之前，他所获得的那些重要的知识，基本都是从课外得来的。因此在杜威的教育工作中，课外的活动成了一个重要的方式，这也被认为是对一个人智力训练的最好方法。

收获颇丰的大学时代

曾经有人问杜威的父亲以后打算让孩子从事什么职业，杜威的父亲每次都会说，希望兄弟几人中至少有一个技工。他们家祖辈以来就不富裕，也没有人读过大学，所以他从不过分要求自己的孩子，也没有抱有什么奢望。但是杜威和他的哥哥戴维斯偏偏就打破了他们这个家族一直以来的"传统"——他们都考上了大学。这件事，让身为杂货商的父亲感到无比自豪。

1875年，杜威进入佛蒙特大学学习，而他的哥哥戴维斯早在一年前就已经进入这里读书了，和杜威一起入学的是他的表兄约翰。

那个时候，佛蒙特大学的规模非常小，杜威入学时，这个才建校不久的大学只有九名教授任教，从这所大学中毕业的学生也只有18名。一开始，杜威还有些忐忑，不过后来他就发现这里的教授都有着非常高的学识水平和专业素质。学校里所有的科目都是必修课，但是因为自身专业的原因，杜威不常与工程学的教授相接触，但是他与其他八位教授经常接触，师生之间的关系也非常融洽。

杜威是一个勤奋好学并且善于思考的人，对于自己所学专业的课程也从不会忽视。在佛蒙特大学学习的前两年，杜威学习了西洋古代史、拉丁文和希腊文，除此之外，他还对微积分和解析几何进行了深入学习。

到了大三，杜威的兴趣开始向自然科学方向转移，其间，对他影响最大的是珀金斯教授。珀金斯教授所教授的是动物学以及生理，他在授课时，是通过演讲的方式或者直接示范的方法来进行的。不仅如此，他还对动物生命的发展这一问题展开过演讲，并指出一些早期的教父并非一直坚持上帝七日创世说。身为公理会的一员，他没有去理会传统环境对于他的限制，而是一直在强调进化的思想，并使用托马斯·亨利·赫胥黎的书作为自己所教授的生理课程的课本；不仅如此，他还对达尔文进化论的相关资料进行了整理。珀金斯教授的行为让杜威印象深刻，激起了他对于自然科学以及哲学的好奇心。

除了珀金斯教授，学校图书馆中的一些英国期刊也对杜威产生了很大的影响。这些期刊主要讨论的问题，大都是当下排在新兴势力前列的问题，并且基本都以达尔文进化论作为中心思想。当时的《双周刊》所代表的思想派别相当激进，《当代评论》则是代表比较保守的思想派别，而《十九世纪》所代表的思想派别则介于这两者之间。而"专题讨论会"也是在这时候出现的，人们就单个论题进行联合讨论。这些期刊中的讨论，显然已经超出了对于达尔文进化论的讨论，不过，这些期刊也在学术上引发了杜威进行更深层次的思考。可以说，这些期刊对杜威产生的影响要大于他所学习的哲学课程。

在大学读书的第四年，学校的教授以哲学为特色，为学生介绍了一个更为广阔的学术天地。这一年，杜威读了柏拉图的《理想国》、贝恩的《修辞学》；听托里教授讲授心理学课程，这门课程是以《智慧哲学》为基础的；还听了托里教授讲授的一门短期课程，这门课程是以《类比》为基础的，这些都使杜威获益匪浅。

当时开设国际法以及政治经济学课程的贝克姆校长给杜威留下了很好的印象。在杜威看来，贝克姆校长十分优秀，他的逻辑思维能力非常强，无论是说话还是做都事很有条理，而且从他的口中说出来的话非常具有说服力。他反对教条式的教学，更反对强行给学生灌输自己的观点。不仅如此，贝克姆校长在学校的管理上也尤为出色。

大四之前，学生很少与贝克姆校长接触，唯一能够接触到他的机会，就是在他与大一学生讨论基本道德问题的时候，这样的机会一周只有一次。校长表面上是与学生讨论一些道德上的问题，事实上却是为了使自己更加了解这个学校的学生。贝克姆校长所讲的那些道德问题，杜威并没有太大兴趣，印象也不深刻，但是有一次发生的一件小事却给他留下了深刻的印象，并对他产生了很大的影响。

那次，贝克姆校长让杜威班里的学生论述那一周他们要探讨的章节中的问题。可惜结果令贝克姆校长大失所望——没人做得到。从此以后，杜威就养成了在自己尚未摸清那些问题细节所具有的学术意义之前，想方设法搞清楚自己阅读的是什么的习惯。

杜威的哲学导师托里教授的思想也深受苏格兰学派的影响，他的课程也是在此基础之上建立的，这也对杜威的学术兴趣方向产生了一定的影响。杜威的注意力被孔德吸引是因为《双周刊》——他在《双周刊》里读了许多弗雷德里克·哈里森的文章，其中就提到了孔德。

杜威对孔德的《实证哲学教程》进行了集中学习。虽然杜威的哲学思想重点不在于推理的形式结构，而在于科学方法，但是孔德的理论思想还是对杜威的哲学思想产生了很大的影响。在阅读了孔德以及英国一些学者的著作之后，杜威开始对哲学发现和社会环境、科学之间的相互作用产生了兴趣。

在大学时代，大三和大四的学生需要准备一次演讲，这是一场介绍性的演讲，而所有学生当中最为优秀的演讲者将被选为代表，前往一个展览会进行演讲。杜威的演讲题目是《政治经济学的范畴》，但是最终他并未被选为代表。

杜威的成绩一直以来都十分优秀，而且在学习上也毫不费力。大四的课程激起了他的兴趣，他在这一年的成绩达到了一个空前的高度，拿到了一个其他学生都难以企及的高分。

　　不过，大学时代的学习并没有使杜威决定他日后要走的道路，但他的眼界也不再偏安一隅。在四年的大学生涯里，杜威不仅获得了扎实的基础知识，还学会了许多在进行研究时能够使用的方法。

结束即是新的开始

1879年，杜威从佛蒙特大学毕业。毕业后的杜威十分忧虑，那个夏天也变得异常难熬。他想成为一名教师，但是过于年轻的他还没有什么经验，找工作也很困难，但是他必须得有一份工作，因为他的经济状况不容乐观。

秋天很快就到来了，杜威整整一个夏天都没有找到工作。就在他焦虑不安的时候，他接到了来自堂兄克莱拉·威尔逊的电报。克莱拉在宾夕法尼亚州石油城中学当校长，他在电报中告诉杜威，他们学校有一个空缺，这消息让杜威欣喜万分。

杜威在石油城中学教授代数、拉丁文以及自然科学。后来克莱拉因为结婚而辞去了校长职位，杜威也离开了石油城中学，来到了距离伯灵顿不远的一所位于乡村的中学担任教师。同时，他跟着自己的导师托里教授继续研究哲学史、阅读哲学名著。有时候，杜威还会跟托里教授一起去森林中或者是小溪边散步，边走边讨论，托里教授也会经常给杜威讲解一些在课堂上不会学习到的观点。

1882年4月，杜威的文章《唯物论的形而上学假说》发表在了《思辨哲学杂志》的第四期上，之后他又在《思辨哲学杂志》上发表了两篇文章。

《思辨哲学杂志》的创办人威廉·托里·哈里斯曾经在圣路易斯担任教育长官，他曾经与一些德国哲学思想的研究者进行过深入接触，《思辨哲学杂志》差不多可以说是这些研究者的喉舌。这是当时全美唯一具有特色的哲学杂志，不过它的出版时间并不固定。

最初，杜威写信给哈里斯，并附上自己写的一篇文章，内心忐忑而又焦虑地询问哈里斯，文章作者是否可以从事哲学研究。很快，杜威就收到了哈里斯的回信，哈里斯在回信中告诉杜威，他从文章中看到了一种对于哲学的卓越见解。因为哈里斯的鼓励，杜威决心继续进行哲学研究。

在杜威文章发表的这一年秋天，他向一位伯母借了500美元，进入了约翰斯·霍普金斯大学。

约翰斯·霍普金斯大学成立于1876年，它的成立在美国教育史上有着重要意义，因为美国的研究生教育制度就是从这时起得到了确立与完善。

从进入约翰斯·霍普金斯大学的这一刻起，杜威就彻底向他的童年时代告别了。杜威的表兄约翰·里奇在佛蒙特州经营他父亲的店铺；杜威的弟弟查尔斯也去了美国的西海岸，杜威有时候一年都见不到他一次；杜威儿时的伙伴——贝克姆家的两个孩子，其中一个是杂志《青年指南》的编辑，但是他在自身才华尚未完全得到展示的时候就去世了，另一个则在太平洋宗教学校担任教授；杜威的哥哥戴维斯，在杜威进入约翰斯·霍普金斯大学的第二年也来到了这里读书。

戴维斯之前一直都在担任中学教师，他的工作也一直开展得很顺利。在约翰斯·霍普金斯大学，戴维斯攻读的是政治经济学博士学位。拿到博士学位之后，戴维斯去了麻省理工学院，并在那里教授经济学与统计学。戴维斯所教授的课程是弗朗西斯·沃克组织的，他是麻省理工学院的院长，而戴维斯是他最为亲密的助手。戴维斯拓展了工程管理课程，使它向实践方向发展，这也让他所教授的这门课程成了一流的课程，也是最为成功的课程之一。戴维斯在美国统计学会一直都很活跃，他是国际会议代表，也是学会刊物的编辑。

戴维斯在约翰斯·霍普金斯大学读书的这段时间，与杜威的关系又变得亲密起来，就像他们两人在小学和中学，以及佛蒙特大学时一样。在之后的岁月里，杜威和戴维斯之间一直都往来密切，虽然兄弟二人在社会和政治观点上的态度略有不同——戴维斯比较保守，不过，他们有很多相似之处：两人的精神都足够顽强，两人的判断力都足够准确，两人的性格都很乐观，能够很快调节好自己的心情，无视那些使自己恼怒的事。

在杜威来到这里时，约翰斯·霍普金斯大学的研究生院已经开设了几年，这里有许多优秀的教师和学者。校长丹尼尔·吉尔曼非常鼓励学生去了解创造性研究的重要性，因为在他看来，年轻学生只有拥有创新思想才会去进行创造性研究。他认为，世界上的人们正在尝试那些前人所不曾尝试的事情，学生因为从前所受到的教育，从来没有意识到自己也可以进行尝试，而一种全新的学术环境可以更好地激励他们，使他们感受到自己身处这种学术环境中的美好和幸福。当时的约翰斯·霍普金斯大学可以说是全美的学术中心，吉尔曼校长常常会发表演讲，讲述从这所大学中毕业的学生在学术和专业上取得的成就。

吉尔曼校长常常会分别与学生会面，并为他们提供指导和建议。对于杜威专门从事哲学的研究工作这一点，他并不十分赞同，这其中的主要原因有两个方面：一方面是他自己当年学习哲学时的一些经历，另一方面是哲学这门专业能够提供的教职岗位少。基于这些原因，吉尔曼校长向杜威提出了向其他学术领域发展的建议。不过，杜威还是毅然决然地走在自己所选的道路上。虽然吉尔曼校长的建议没有被杜威采纳，但是吉尔曼校长依然十分关心杜威，甚至还在杜威拿到博士学位以后，为他提供了一笔贷款，以便杜威能够前往欧洲继续他的学业。

在约翰斯·霍普金斯大学里，学生与学生之间的交往并不密切，但杜威除了哥哥戴维斯之外，还有几个朋友关系比较密切，这其中有后来成为波多黎各总督的耶格，有后来成为阿默斯特学院物理学教授的阿瑟·金博尔，有后来在汉姆林大学教授生物学的哈里·奥斯本，有后来成为心理学家的詹姆斯·麦金·卡特尔与约瑟夫·贾斯特罗，以及后来成为生物学家的弗雷德里克·S. 李。

一段回忆中永不忘却的插曲

在约翰斯·霍普金斯大学里，教授逻辑学的是查尔斯·桑德斯·皮尔斯，教授实验心理学的是斯坦利·霍尔，教授哲学史的是乔治·西尔维斯特·莫里斯，这三位教授都是赫赫有名的学者。但是杜威在听了几位教授的课以后，认为自己并不适合去学过于符号化的逻辑学，对于霍尔教授所讲授的实验心理学则略有所得，而莫里斯教授的课是杜威最喜欢的，杜威非常佩服他。

莫里斯曾经翻译过弗里德里克·几伯威格的《哲学史》，他允分将自己的经验运用到了教学工作之中。他对学术有着巨大的热情，并且有着极强的理解力。莫里斯为人和善亲切，知识又渊博，学生们都很喜欢他，杜威自然也被他吸引了。莫里斯其实是在密歇根大学任教，不过他当时在约翰斯·霍普金斯大学待了半年左右的时间。他在这段时间里，从事的是主持专题讨论会以及讲课的工作，杜威就是在这时候与他建立起了深厚的友谊，他和杜威可以算是师生，也可以算是同事。在杜威看来，没有人比莫里斯看起来更有活力、更真诚了。莫里斯经历过无数的困难，但是他却仍旧保持着属于自己的完整人格，杜威很欣赏他的这一点。

在教育中，莫里斯对那些认为通过哲学就能够证实物质的存在以及客观世界的人嗤之以鼻，甚至是经常嘲讽。在哲学上，莫里斯将黑格尔的唯心主义与亚里士多德的哲学思想融合在一起。莫里斯相信"实证"真理，这也是德国理念主义的本质。在莫里斯看来，这个真理可以为有理想的人们指明情感、行为、思想上的方向。他所讨论的哲学问题是"存在"的含义，可以说，他的理念处于一种完全客观的模式。除此之外，莫里斯也一直与当代的一些新黑格尔主义者保持着联系。

从杜威的文章《从绝对主义到实验主义》中，能够看出黑格尔的哲学思想对杜威的吸引力。显然，杜威早期崇拜黑格尔，很大一部分原因是因为莫里斯纯粹而又专一的个性以及他的满腔热情。杜威小时候受到过宗教教育，甚至在伯灵顿的时候还加入过公理会。杜威曾经尝试对教义进行理解，但是很显然，他的信仰并不虔诚，因为这些信仰无法满足他在情感上的需求。就如同莫里斯认为的，从黑格尔的唯心主义来看，杜威的情感与智力的融合，在他的青年时代就已经开始了，他想要根据儿童时期的宗教经验来完成这种融合，然而却失败了。

杜威对逻辑学理论的兴趣也受莫里斯的影响。在与莫里斯交往的一段时间里，杜威形成了一种逻辑学思想，在这种思想中是有媒介的。这种思想是通过自身所获得的知识来进行的过程上的逻辑学，而不是形式上的逻辑学，它也并不纯粹。

与莫里斯的交往给杜威的成长带来了许多好处。在莫里斯要回密歇根大学的时候，他将本科生第二学期哲学史的授课工作交给了杜威，这极大地提高了杜威的自信心。要知道，那个时期的杜威只在写作方面有一些自信心。到了第二学年，杜威在莫里斯的帮助下拿到了一笔奖学金，这大大缓解了杜威经济上的压力，让他能够在不增加自己债务的情况下继续学习。

1884年，杜威从约翰斯·霍普金斯大学毕业，他仿佛回到了从佛蒙特大学毕业的那个夏天——找工作困难。一直找不到工作的杜威甚至都开始质疑当初攻读博士学位的选择了。这时，杜威收到了莫里斯的来信，莫里斯在信中邀请他到自己所在的密歇根大学担任哲学讲师，能得到这个职位让杜威十分开心，他欣然接受，并动身前往密歇根大学。

与佛蒙特大学的校长贝克姆相比，密歇根大学的校长詹姆斯·伯里尔·安吉尔可以说是在一定程度上超越了他。对于密歇根大学的教师们而言，安吉尔是一个十分典型的大学校长，但是他也是一个在不断努力使学校水平得到提高的人。他提供给教师和学生一个非常良好的校园环境，他倡导创造性的教育，提倡提高每个人的责任感。在他的个人魅力的影响之下，无论是教师还是学生都处在一种友好的氛围之内，有些老教授还经常去拜访一些新的讲师，互相交流讨论。学校还设有教师会议，每周一次，这对教师而言很有教育意义。密歇根大学显然已经成为这种教育系统中的楷模。

这一切都给杜威留下了深刻的印象，杜威的身上开始形成一种信念，并且他也意识到，应当以这种信念作为自己今后思想的基础。此时，杜威的教育思想已经开始逐渐形成了。

杜威在密歇根大学的这段时间里，莫里斯依然对杜威十分关心，处处照顾。虽然两人在哲学观念上早已背道而驰，但是莫里斯还是给杜威提供了力所能及的帮助。

莫里斯对杜威的帮助不仅仅体现在学术方面，还体现在生活方面。莫里斯给杜威提供了各种保障，甚至将自己的住宅给杜威居住，杜威在结婚以后也依然没有搬离这里。杜威和莫里斯之间的友谊随着岁月的流逝越来越深厚，后来，杜威接受了明尼苏达大学的邀请，前往该校担任教授，于是他在密歇根大学的教学便中止了一年。但恰巧在这一年，莫里斯去世了，这对于杜威而言，是一个沉重的打击。

莫里斯既是良师，也是益友，为了纪念莫里斯，杜威给自己的第三个孩子取了与莫里斯相同的名字，而这个孩子在杜威的六个子女中是智商最高的一个，并且有一种由内而外散发出来的成熟气质。但是不幸的事情还是发生了，小莫里斯在两岁半的时候得了白喉，离开了人世。这个打击太过沉重，以至于杜威夫妇一直都没有完全恢复过来。当时有人感慨："如果这个孩子还活着，那么这个世界上或许会出现一种全新的教派。"

茫茫人海中遇见最好的她

杜威来到密歇根大学任教的第一年，住在一幢寄宿公寓之中。和他住在一起的也是大学的一位新讲师，名字叫作霍默·金斯利。当时，住在同一幢公寓的还有两个女学生，其中一个比杜威大几个月，叫作爱丽丝·奇普曼，她就是杜威的夫人，两人在1886年7月结了婚。

爱丽丝是本地人，在完成自己的学业以前，她也为了赚钱而担任过几年的教师，更巧的是，她的家庭背景与杜威相似，也有拓荒者的渊源。不过，爱丽丝的父亲在很小的时候就从佛蒙特州搬到了密歇根州，爱丽丝与妹妹埃丝特·奇普曼是由她们的外祖父和外祖母抚养成人的，因为她们的父母很早就去世了。

爱丽丝的外祖父弗雷德里克·里格斯是早年从纽约州搬到密歇根州的，他是赫德森海湾公司的代理商，在移居者里面，他属于比较早的那一批。他曾勘测过这里的第一条公路，也曾开荒种地，还曾对为印第安人服务的邮局进行过管理。这样的家庭里充满了探索和冒险精神，也充满了活力，爱丽丝与妹妹埃丝特就是在这样的家庭氛围中成长起来的。

弗雷德里克会说印第安人的语言，那是他作为一个皮毛商人，在与奇普瓦部落进行商业往来时学会的。他的语言学得非常地道，如果仅凭发音，即使是部落里的人也很难听出他其实不是本地人。弗雷德里克厌恶战争、反对战争，是一位自由的思想家。他有着丰富的经验和创造力，这些都弥补了他受教育不足的一面。他曾经说过一句话："这些事情总有一天会被发现，而且不仅是发现它们，还能够认识它们。"杜威后来也经常会引用他的这句话。

因为财力有限，所以他在物质上能够给予她们的帮助也有限，不过，家庭中的思想对爱丽丝和埃丝特姐妹两人影响颇多。弗雷德里克经常教育她们放手去做她们认为正确的任何事，这样的教育方式对经验不足的人而言有些不合时宜，但是对爱丽丝来说，这对培养她在学术上的自主探索精神以及独立性有着很大帮助，而爱丽丝的这种精神也对杜威起到了激励的作用。

爱丽丝并不具有她的外祖父和外祖母的宗教信仰，但是却拥有他们所具有的品质，而且她迫切地希望自己能够继续接受教育，以扩大自己的眼界。她富有才华，能够揭穿环境中隐藏的虚伪和欺骗；她机智灵敏，能够将勇气与活力完美地结合在一起；而且，与她交往过的人都会感觉到她的慷慨。

爱丽丝认为，应该持一种批判的态度来看待那些不公正的行为以及社会环境。她的观点使杜威早期的哲学兴趣范围扩大到了生活领域，而不仅仅局限于评论领域和古典领域，而且杜威的一些理论问题也在与爱丽丝接触的过程中得到了直接解答。在环境和人的直接判断力上获得了能力的杜威认为，这都是爱丽丝的功劳。爱丽丝虽然出身于宗教家庭，但是任何的教义她都不接受，杜威也从她这里得到了启发，认为不应该再提倡已经僵化了的神学和教会。

友谊：灌溉心田的清泉

杜威到明尼苏达大学担任教授时，霍夫在密歇根大学担任哲学系的副主任；后来杜威返回了密歇根大学，霍夫却去了明尼苏达大学，他在密歇根大学时的职位由詹姆斯·海登·塔夫茨接任。

塔夫茨来自阿默斯特学院，他在柏林的时候获得了博士学位。通过翻译文德尔班的《哲学史》，他确立了自己的学术地位。塔夫茨是一个粗犷而又淳朴的人，就如同他的故乡——新英格兰的山脉一般。在密歇根大学的这段时间，他和杜威建立了深厚的友谊。

之后，芝加哥大学开办，塔夫茨前去任教，杜威后来受到了塔夫茨的邀请，也前往芝加哥大学任教。两人在芝加哥大学里进行了合作，他们的成果在1908年出版的《伦理学》一书中有所体现；1932年，在新版《伦理学》中，两人再次合作。

塔夫茨前往芝加哥大学任教之后，密歇根大学的哲学教师急需补充，备选出来的是阿尔弗雷德·H. 劳埃德与乔治·H. 米德，他们两人都曾在哈佛大学读书。劳埃德刚刚拿到了他的博士学位，而米德在被聘请来的时候，他的博士学位论文还没有完成。杜威在与劳埃德和米德的往来中获益良多。

劳埃德拥有不同于其他人的见地以及非常个性的语言表达方式，他具有创造精神，而且坦率直爽。虽然这让人无法判断他的哲学流派，但是他的个性和精神却激发了他的同事和学生的独立性和创造性。

在密歇根大学的时候，米德一家人是杜威一家人的邻居；到了芝加哥大学以后，两家人又在同一幢公寓楼里面居住。两家人的孩子年纪也差不多，于是很快就建立起了深厚的友谊，杜威一家人还曾经跟随米德一家人去火奴鲁鲁参观了米德夫人生产时居住的城堡式住宅。后来杜威一家人搬到了纽约，也依然与米德一家人保持着亲密的联系，直到米德离开人世。

米德对杜威的影响并不是通过他的著作，而是通过两人多年以来亲密的交往。后来，在米德的葬礼上，杜威说米德的身上有一种创新精神，这是一流的学者所具有的精神。

米德的学术成就体现在自然科学方面，在这方面，即使是杜威也比不上他。在他和杜威相识后的这些年里，两人谈论得最多的就是科学心理学和生物学方面的内容。而在那个时候，那些能够注意到人体与人的心理现象之间存在一定联系的心理学家和哲学家，也仅注意到了在神经系统中存在的那些心理物质基础，而且这种神经系统还是脱离了有机体与环境的。

而米德的观点则与他们有很大的不同，在米德看来，有机体对环境产生作用，而环境也会反作用于有机体，这样一来，神经系统就可以被看作一种人体器官，其作用是调节有机体与环境的关系。很显然，米德的思想理论是十分具有创造性的，虽然杜威没有对这些思想理论进行发展，但是他却接受了它们，并且这些也成了他以后的哲学理论中的组成部分。

米德虽然经常提出他的思想理论，但是他的著作在他还活着的时候几乎都没有出版。米德去世之后，别人对他从前的手稿以及由学生提供的演讲笔记进行了整理和编辑，这才出版了四本文集。

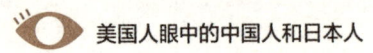

一切浪费都是由于学校和现实隔离开来

  欧洲中世纪，在人类探索自然现象的过程中，伟大的天文学家尼古劳斯·哥白尼提出了"日心说"，并用大量的事实进行了论述，指出了"地心说"的荒谬，在天文学史上留下了辉煌的一笔。杜威也像哥白尼一样，在教育史上留下了浓重的一笔。

  杜威在密歇根大学任教的最后几年，是和他的父母住在一起的。父亲有时候会因为儿子和自己的理念不同而感到痛心，但他还是会以维持家庭和睦的气氛为重点；母亲则会因为儿子背离了孩童时代的教义而感到伤心。但是，他们的开明是显而易见的，他们也知道他们的孩子会和自己一样，维持好家庭亲密的关系。

  在这一时期，密歇根州的州立学校系统与密歇根大学紧密地连接在了一起，之所以出现这种情况，主要是由于密歇根大学教育学讲座和密歇根州教师俱乐部起到的作用。

  密歇根大学开设的教育学讲座在美国尚属首例，这个教育学讲座最早是威廉·哈罗德·佩恩主持的，后来则是由伯克·阿伦·欣斯德尔来主持。有一些教师甚至走访了州里的一些中学，了解情况之后做出一份报告，报告的内容是中学生应当如何为大学的学习做准备，而杜威对普通教育的兴趣，就是在他对这些中学进行走访的过程中激发起来的。

密歇根州教师俱乐部则是打算更加紧密地将中学教育和大学教育连接在一起。杜威也是教师俱乐部的一员，他曾对整个学习过程进行过研究，当然这是因为他对心理学有着浓厚的兴趣。在密歇根大学的最后这几年里，杜威常常会在演讲的时候使用"思维""注意""想象""记忆"等题目，他的所有题目都会涉及教师的教学以及学生的学习。

杜威这时候已经有了三个孩子：老大弗雷德里克，老二伊夫琳，老三莫里斯。通过对自己三个孩子的观察，杜威从詹姆斯那里得来的对天赋倾向重要性的认识变得更加深刻，这使杜威对儿童早期的适当发展更加重视。

之后，杜威出版了两本书，除了实际应用部分的撰写者是多伦多大学的克莱恩教授，其余都是杜威完成的。这两本书都是能够在教师对儿童进行训练时发挥指导作用的书。

由于对抽象推理感到不满，就社会作用方面而言，杜威的思想得到了加强。他认为，通过实际的经验对推理出来的思想进行检验和发展是十分必要的。杜威通过哲学思想对教育问题进行指导性的研究。在研究过程中，他发现当下的教育方式并不利于儿童的正常发展，尤其是小学教育，这让他想要办学的愿望变得更加强烈了。杜威认为，学习心理学的原理应该与合作交往的原理结合起来，使学生摆脱乏味无趣的状态，而哲学需要通过其社会应用来得到检验。

杜威来芝加哥大学任教是1894年，主要教授研究生的课程。除此之外，他还担任哲学系、教育学系和心理学系的系主任。这让杜威的个人地位得到了飞速的提升，从而使他在美国哲学界的地位得到了确立，同时改变了他的教学工作模式。

杜威从大量的班级日常工作中解脱了出来，并且与能够从事研究工作的研究生一起展开研究，使自己的计划能够得到实现。学校十分重视对研究生的教学工作，唤起了教师在教学工作中更多的创造性。

在这里教学几年之后，杜威发现有很多家长希望孩子得到与现在的教育所不同的教育。

于是，在1896年，杜威在家长们的精神与财力支持下创办了一所初等学校，这就是芝加哥大学实验学校。最初，这所学校的名字是"大学初等学校"，通常人们称它为"杜威学校"。

实验学校是芝加哥大学的一个组成部分，依附该大学而存在，学校的经费则是来自一些赞助人、杜威以及他的一些朋友。实验学校存在了八年的时间，杜威的朋友以及一些赞助人的支持远远超过了芝加哥大学对它的支持。如果是实验学校的教师的子女，那么在本校上学能够免除100美元的学费。除此之外，并没有其他的财政资助。

学校以实用主义思想体系为办学思想，由杜威亲自对学校进行管理，并对教材以及教学方法进行指导。杜威认为，传统学校课程繁多，学校的教学之味无趣，学生应该从这种状态之中解脱出来。所以，杜威的这所学校从创办开始就受到了广泛的关注，很多相关人士以及学生家长都对杜威的这一举措大力支持。

这所学校在1903年之时已经有一定的规模了，学校有33名教师，140名学生，学生的年纪在4岁到15岁之间。学校在教育过程中贯彻杜威的主张，以学生为中心，将学校建成了一个"小社会"，学生在学习的时候就在实验室之中。教师被分到各个实验室，学生也被分成很多个小组，他们学习的科目有很多，比如数学、科学、历史、艺术、语言、工业、体育，等等。

在这所学校开办之后，杜威可以说是将自己全部的精力都放在了这所学校的实验与研究当中去了，他还经常与学校的教师就教学过程中的不足之处以及成功之处进行讨论。

学校在进行教育工作时，既有计划，也有步骤，杜威在学校开办之前就已经拟订好了一个"组织计划"。计划要求学校以儿童的发展情况为标准，将其划分为三个阶段，同时按照年龄将每个阶段的儿童分为若干组，每一个阶段的儿童都逐步过渡到下一阶段。

第一阶段是把4岁到8岁之间的儿童分成五组，重点在于解决儿童的家庭生活与学校生活之间的关系，同时组织儿童进行缝纫、手工、自然研究等活动；第二阶段是把9岁到12岁之间的儿童分为四组，重点在于使儿童能够掌握学习技能、得到规律性的知识；第三阶段是把13岁到15岁之间的儿童分为两组，重点在于使儿童能够在其所掌握的各科的使用方式以及工具的范围之内，逐门学习这些科目，并进行专业化的活动，可以说第三阶段就是中学教育的开始。无论是哪个阶段的课程，都包含着互相联系的各种活动计划，所以，每一组都配有科学专家与教育专家，面对儿童的咨询时，他们的发言带有权威性。

这所实验学校的创办，对杜威实用主义教育思想的形成和发展有关键性的影响，是构成杜威全部教育理论的实验基础。杜威先后发表了许多文章，在杜威的《一次教育学的实验》与《大学初等学校》这两篇文章中，就有对他的实验情况和结果的记录。

杜威主张以儿童为教育中心。杜威认为，学校和学习之所以会令人厌烦，上课之所以会成为儿童的"苦役"，就是因为人们想要将这些书本上的知识强加给儿童，这样的做法让学校所教授的内容变得不受欢迎。

杜威认为，这样的教育方式有很严重的弊端。首先，这样的教育方式以课堂和课本为中心，脱离了社会日常生活，显然，这是一种十分落后的教育方式，尤其是在工业革命飞速发展的形势下；其次，这样的教育方式以教师为中心，强迫儿童"静听"，不利于儿童的个性发展，也不利于儿童积极主动的习惯的养成；再次，教育的制度以及教育管理还不够完善，教育目的也并不统一，这就浪费了人力、物力和财力；最后，这样的教育方式并不重视对儿童能力方面的培养，也不重视对儿童技术方面的训练，只是一味地向儿童灌输知识，而忽视了让其为将来的职业做准备。在杜威看来，这些都阻碍着教育的发展，因此他认为教师在教学过程中，应当以儿童为中心。

杜威的"儿童中心论"充分发挥了儿童的主观能动性，却也忽视了教师在教育过程中的主导作用，不利于儿童对知识进行系统的掌握。

他们惺惺相惜，相得益彰

《学校与社会》在杜威的著作中可以说是影响最大、流传最为广泛的一部，由杜威的一些为了给实验学校筹集资金而做的演讲汇编而成。

当时，作为实验学校工作成果，两本教育专题的论文集由霍顿·米夫林公司与芝加哥大学出版社分别出版。

杜威说，在他的思想由唯心主义转到实用主义以后，那些书本上的思想对他的影响，远不如其他人在个人交往中对他思想倾向的影响，其中，通过实验学校建立起来的个人交往也包含在内。批判美国教育的"进步教育运动"，正是以这些年不同教育思想学派的友好论战为标志而开始的。

比如，在马萨诸塞州工作的帕克，通过他的工作表明了在公立学校中出现了一个新的教育运动，不仅如此，帕克还在建立儿童研究协会的过程中表现得十分积极。这时，赫尔巴特学派的教育理论也通过查尔斯·德加莫与弗兰克·麦克默里、查理·亚历山大·麦克默里两兄弟来到了美国。而哈里斯则是提倡教育哲学，他的教育哲学思想虽然吸收了黑格尔的思想，但是带着明显的独创性。

与杜威的友谊较为深刻的是埃拉·弗拉格·杨。杜威刚到芝加哥的那几年，杨是一个学区督学。杜威认为，对他在教育方面影响较大的除了夫人爱丽丝以外，就是杨。在杜威看来，他所认识的人里面，杨在学校管理方面的见识是最广泛的。

最初杨只是一位级任教师，她担任高级管理职务的道路就是通过担任中学级任教师铺平的。在美国大城市学校系统中，杨是第一位女性督学，也是全国教育协会的第一任女主席。实际经验的含义是杨常常思考的问题，她认为，人的身上有两个方面是不可分离的：一个是智力，另一个是道德。她通过自己的经验，将其发展成为一种主张，这种主张要求教师要保留学生心理的完整性，并且她反对学校管理工作脱离这一主张。杨的主张一经提出就对学校教育方式产生了重要的影响，并很快便从芝加哥扩散到了整个美国。

杜威通过和杨的接触，补充了自身关于学校实际管理方面的经验，并且在社会生活与实际工作中将自身的思想进一步具体化了。

赫尔社区也对杜威产生了不小的影响，并不是因为杜威在芝加哥大学任职，而是由于杜威在芝加哥居住。

赫尔社区可以说是一个新的社区，这里居住着各种各样的人，有的人有信仰，有的人则没有信仰。杜威和他的夫人爱丽丝经常到赫尔社区去访问，和那里的人进行交谈，在他们看来，在赫尔社区与不同的人接触是生活中最有趣的部分，也是最能够激励他们的部分。

很快杜威夫妇就与赫尔社区的人建立了友谊，其中与他们关系最为亲密就是简·亚当斯，在杜威夫妇看来，亚当斯是一位十分杰出的女性。

亚当斯认为，他们之间的这种交往，不仅对于社区里的贫民极为重要，对经济状况比较好、受教育程度比较高的人来说也很重要。她认为，在赫尔社区，想象另一部分人的生活方式的情况是不存在的，有的只是不同的人在一起学习如何共同生活。

杜威在"想象另一部分人的生活方式"需要具体化时，成为赫尔社区的理事之一，但这却是亚当斯一直以来都希望避免的，因为这样很可能会让社区的生活变得僵化。由于亚当斯以及赫尔社区的影响，杜威作为指导力量的教育信念变得更加深刻与激烈了。

杜威夫妇与亚当斯的交往在他们离开芝加哥的时候中断了，但是他们却一直都相互尊重、相互影响。在战争时期，亚当斯依然坚持着她那不抵抗的政策。在战争初期，这样的坚持对她自己而言是有所帮助的，因为赫尔社区在那段时期是敌对行动的对象，不过在杜威看来，美国应该参与战争。这样的分歧让他们之间的关系有些紧张，但是他们关系中的真诚却一直都未变过。亚当斯还在1929年杜威在纽约举办的70岁诞辰庆祝会上致辞表示祝贺。后来，亚当斯去世了，杜威在她的追悼会上发言表示遗憾。

对于扩大女性活动自由的事业，杜威一直以来都非常支持，因为他从自己的夫人、杨以及亚当斯身上认识到了女性的个性与智慧。

杜威在芝加哥大学的这段时间所交往的人中，还有两个人不得不提，一个是艾迪生·韦伯斯特·穆尔，另一个是詹姆斯·罗兰·安吉尔。

穆尔是一名哲学研究生，他的个人能力非常强。后来，他在芝加哥大学攻读了博士学位，毕业后留在那里担任哲学系的教师。1917年，穆尔担任美国哲学学会的会长，并在1918年到哈佛大学任教，讲授哲学。穆尔是一名实用主义者，并且十分有进取心，可惜因为疾病而早早离开了人世。

安吉尔是一名教师，本科是在密歇根大学读的，那时候杜威是他的老师。从密歇根大学毕业以后，他去了哈佛大学。安吉尔在哈佛大学的学习是在威廉·詹姆斯和约西亚·罗伊斯等人的指导下进行的。毕业之后，他去了欧洲深造，之后才来到芝加哥大学任教。那时候，哲学和心理学之间的关系远比现在要紧密，虽然建立在经验的基础之上的心理学已经不再是哲学的分支之一，这一点在威廉·詹姆斯身上就能看出来。安吉尔是机能心理学发展过程中的一个十分活跃的人物，机能心理学的发展不仅在杜威的逻辑学理论的发展上发挥了很大的作用，在道德伦理与杜威的逻辑学理论之间的联系中也发挥了很大的作用。

在学术道路上的不断探索

　　杜威的"心理伦理学""伦理逻辑学""社会伦理学"三门课程分别开设在三个冬季学期。

　　杜威曾经在他的著作《学习》中对心理伦理学进行过阐述，而他所开设的这门课程则是对《学习》中的理论的进一步阐述：用一些相互作用的词来对伦理道德进行表达，比如冲动、习惯、愿望、想象、情感，等等。通过开设这门课程所获得的资料也是他日后出版的《人性与行为》的基础。

　　伦理逻辑学这门课程则分析了目的、标准、原则、职责等范畴，在分析时是通过解决问题的特殊作用来进行的，因为不一致的目的，才导致了冲突的出现。

　　杜威经常组织专题讨论会来研究一些逻辑学问题，参与者都是那些已经取得了申请博士学位资格的人。当时，一些唯心主义者的理论颇具威望，所以人们对于伯纳德·伯赞基特和弗朗西斯·赫伯特·布拉德利的有关逻辑学的著作，以及约翰·维恩、约翰·斯图亚特·穆勒和约翰·斯坦利·杰文斯的那些比较古老的逻辑学理论予以了大量关注。

　　专题讨论会的成员曾有一次以鲁道夫·赫尔曼·洛采的逻辑理论为议题进行分析。之所以会选择洛采是因为他的逻辑理论是唯心主义逻辑学中最不极端的理论之一——他的逻辑理论重点在于经验的理论和科学的理论。

　　芝加哥大学出版社出版了一系列的专题著作，学校的每一个系都有一个专题。其中有一本书叫作《逻辑理论研究》，是由杜威及其同事和学生撰写成的，书中收录了杜威的一些文章。杜威的这些文章的内容便是就洛采的逻辑理论所进行的一系列分析。

杜威的这些文章并未引起大多数人的注意，即使是拥有这本书的哲学讲师，也只有少数一部分注意到了，詹姆斯那时候写过评论的文章，为"芝加哥学派"的诞生欢呼雀跃。芝加哥学派对詹姆斯的实用主义表示赞同，并且在实验之时也是按照他的方法来进行，有许多人对芝加哥学派抱有敌意，但是这并没有影响到人们对它的重视。而杜威的这些文章提出了他的实用主义方法：反射弧概念，这也标志着他与黑格尔唯心主义的彻底决裂。

芝加哥大学出版社还出版了一本书，叫作《道德伦理的科学条件》。这是杜威的一本专题著作。在书中，杜威阐述了其逻辑理论。不过可惜的是，这本书也同样没有引起大部分人的重视，但是它在杜威的思想发展中代表了一种标志性的变化。

后来，杜威在哥伦比亚大学任教时，又完成了两本著作——《我们如何思维》和《民主主义与教育》，这两本书是他在芝加哥大学进行实验所收获的直接成果，杜威的哲学思想与教育思想的融合在这两本书中得到了充分的体现。在书中，杜威阐释了他的观点，认为哲学从本质上而言就是"教育的一般理论"。

在杜威看来，他的哲学思想在《民主主义与教育》一书中得到了充分的体现。不过是否有哲学家求助于它，他就不知道了。杜威认为，那些哲学家很多也是教师，但是他们通常都不使用教育，虽然有理性的人都能发现，哲学其实有很大可能是集中在教育之上的。不仅如此，杜威还认为很多其他问题也都是在教育中达到了巅峰，比如一些关于道德、逻辑的问题，他还认为影响个人的气质、活力、智力、情感在社会上的构成的全部因素就是教育。从某种意义上来看，杜威的观点扩大了教育所涵盖的范围。

学习交流助升华，思想碰撞出火花

　　杜威在芝加哥工作和生活的这些年里，常带着家人到阿迪朗达克山去度假，他们甚至在距离托马斯·戴维森家不远的地方，盖起了一间简陋的房屋，每次避暑都会来这里居住。

　　杜威还在密歇根大学工作的时候，就参加了托马斯·戴维森举办的暑假班。戴维森的这个暑假班可以说是康德哲学学校的后继，并且还对那些参与者反复灌输原理，不过杜威并不完全赞同戴维斯将暑假班用来做这样的工作。

　　在一个夏天，杜威第一次见到了威廉·詹姆斯。

　　学校放暑假了，于是杜威就和全家人一起去度假，詹姆斯也是这里的常客，每年夏天他都会来此地度假，并在这里住上一段时间。杜威来到这里的时候，詹姆斯恰好也在，于是两人就这样相识了。

　　在见到詹姆斯本人之前，杜威就已经读过他的很多文章了，尤其是詹姆斯的《心理学原理》，更是让他的观念发生了一些改变。杜威甚至经常向自己的学生推荐詹姆斯的《心理学原理》。

　　杜威在见到詹姆斯之后，非常兴奋，马上就和詹姆斯开始了学术思想上的交流，他甚至忘记了自己早已安排好的游览计划。

　　詹姆斯在考虑生活时，以活动中的生活观点为触发点，他在哲学的范畴之中运用心理学，生物学因素也充斥在其思想之中，这让杜威对实用主义产生了极大的兴趣。他认为如果使用詹姆斯的方法，那么极具特色的社会范畴就会出现，并且在人与人进行交往之时，会有重要的观念形成。杜威相信，在这样的情况下，许多哲学问题就需要重新开始进行研究，从而形成一种能够与实际需要相联系的、完整的、不会与现代科学脱离联系的科学。

除了詹姆斯的著作之外，杜威还阅读了皮尔斯的著作，他将两者的思想进行了对比，发现詹姆斯有两种观点尚未取得统一：在詹姆斯的著作中依然使用了一些主观主义词汇，著作中所采用的是对心理学早期运用生物学概念的回答。不过，杜威也知道，想要找到能够清晰地表达新思想的词汇有着相当大的困难，而这或许也是哲学无法自然发展的一个因素。

杜威从中得到了启发，并渐渐形成了他的实用主义教育体系。杜威认为，想要对社会进行改良，离不开教育。在改良过程中，教育既是首要的工具，也是最健全的工具。"教育即生活"与"学校即社会"是杜威教育体系中的基本观点，从中也能够看出杜威对教学内容实用性及社会化的重视。在杜威看来，教育对于儿童而言，并不是为将来的生活所做的准备，而是他们现在生活的过程，所以学校的课程应当是能够让儿童可以生活的经验，学校就是一个"小社会"，在学校中必须呈现出儿童现在的生活。

晚年的时候，杜威曾经对自己的教育哲学进行了概括总结："我们所讨论的这种哲学如果引用林肯的说法，那就是属于经验。"从这句话中，可以看出杜威和詹姆斯从生活观点上看待问题时思想上的相似性，但是杜威的思想显然又有所发展。

人们往往将杜威与实用主义划分到一起，甚至认为他就是创始人，其实杜威是在詹姆斯等人的理论基础上对这种哲学思想进行了整理与发展。如果要形容皮尔斯、詹姆斯和杜威与实用主义的关系，那么可以说实用主义的创始人是皮尔斯，而使实用主义通俗化的是詹姆斯，杜威则是在皮尔斯和詹姆斯的基础上，对实用主义进行了系统化的发展，并将其在教育领域之中进行了应用。

在不同的阶段收获不同的"故事"

杜威在芝加哥大学任教的最后几年，在实验学校的行政管理上与芝加哥大学校长威廉·哈珀的摩擦日益增加，主要问题就出在芝加哥学院上。

芝加哥学院本身是一所师范学院，主要是为了培养教师，它还附带一所实习学校，招收的学生是儿童。弗兰西斯·帕克当初建立芝加哥学院，就是为了使自己能够不受政治力量影响地继续工作。因为帕克之前在其他地方工作时，所在的教育机构就受到了政治势力的影响。

芝加哥学院在1901年并入了芝加哥大学，而芝加哥学院也就是现在的教育学院。教育学系、哲学系和心理学系在大学和教育学院的地位并不相同，所以杜威在哲学系、教育学系和心理学系并不需要承担培养教师的工作，大家在这一方面也达成了共识，并没有产生什么争论与矛盾。

之后，杜威短暂地离开了学校，去进行讲学活动。然而就在杜威离开芝加哥大学的这段短暂的时间里，哈珀校长居然同意了合并杜威的实验学校和附属于芝加哥学院的那所实习学校的提议。不仅如此，在这个决定当中，不仅没有对实验学校已经开展的工作模式进行保持，也没有对那些克服了资金困难问题并热情提供服务的教师表示支持。

后来，芝加哥大学的理事们发现合并学校的决定并未得到杜威本人的同意，他甚至对此毫不知情的时候，便自发地开始了对合并问题的纠正。而为杜威的实验学校提供资金的家长和朋友也立刻组织起来，成立了一个联谊会。他们对芝加哥大学抛弃实验学校的做法表示了强烈的抗议，为了保证实验学校能够继续存在，他们很快提供了一大笔资金。当时，在美国各地的教育工作者也纷纷写信给芝加哥大学，表明自己支持杜威的实验学校。

那时候，帕克病得非常严重，当初芝加哥学院之所以会并入芝加哥大学，主要就是这一原因。面对眼前的困难，众人制定出了暂时解决这些问题的方法，可惜这一方法才开始生效，帕克就病逝了，帕克的离世直接导致了两所学校的合并，杜威担任教育学院的院长。

但是，对于这所没人资助的学校，哈珀校长的态度一直以来都显得十分冷漠，一点儿都不友好。于是，在1904年，杜威辞去了他的职务，离开了芝加哥大学，而在杜威辞职之后，身为教育学教授的埃拉·弗拉格·杨也辞去了职务。

杜威辞职之后暂时没有工作，不过他在此之前已经写信告诉了威廉·詹姆斯和詹姆斯·麦金·卡特尔。卡特尔在哥伦比亚大学的哲学系与心理学系任教，于是他给杜威介绍了一个职位。不仅如此，他还给杜威找了一份增加工资的兼职——每周在哥伦比亚大学师范学院讲课两小时。

杜威在哥伦比亚大学体验到了一种新的学术环境。1905年，处于哲学最前线的是"唯实论"，在哥伦比亚大学，这场运动的领导者是哲学教授伍德布里奇。伍德布里奇支持亚里士多德学派的观点，杜威在与他的交往中，认识到了形而上学理论模式的可能性，同时也意识到了它的重要性，而这一结果，在杜威的《经验与自然》一书中能够体现出来。

与伍德布里奇一样，杜威也承认多元论，而且两人对于直觉主义都不认同。因此，两人将这些看法一致的观点以及一些有分歧的观点相结合，大大加深了他们在学术上的联系，同时也促进了杜威思想理论的进一步发展。

但杜威发现，在这种新的学术环境之下，自己的哲学观点与研究生并不相符，于是他重新思考了自己所有的哲学观点。而他思考的结果在之后的日本和英国的演讲中有所体现。杜威来到纽约之后出版的书籍，基本都是通过他的演讲编纂出来的。记录杜威主张的还有一些哲学期刊，尤其是哥伦比亚大学出版的《哲学杂志》。

在哥伦比亚大学，杜威认识了许多新的朋友，比如同事威廉·佩珀雷尔·蒙塔古。蒙塔古在社会问题上的观点与杜威非常相近，两个家庭走得也很近。1927年，在杜威的夫人爱丽丝的葬礼上，致悼词者就是蒙塔古。

除了蒙塔古，还有一些朋友和学生或多或少地影响着杜威，这些朋友里有肯定杜威主张的，也有批判杜威主张的。其中西德尼·胡克与拉特纳在杜威离开纽约以后，仍一直与杜威保持着亲密的联系。他们两人在杜威著作的出版方面都做出了努力。胡克在杜威的新书出版前都会对原稿进行阅读，并给杜威提出一些有用的修改建议；拉特纳则是收集了杜威的一些关于当代问题的论文，并将它们编辑成一本论文集出版了，这就是《现代世界的智慧》。

1915年，阿尔伯特·库姆斯·巴恩斯博士参加了杜威的一个专题讨论会，因为他的观点有一部分与杜威类似。在讨论会上，杜威认识了巴恩斯，两人一见如故，相谈甚欢。来自宾夕法尼亚州的巴恩斯是一位学者，更是一位科学家，他精心收藏了许多现代绘画，希望这些艺术品能够在艺术教育中发挥作用，并且他对于艺术教育的方法也十分感兴趣。

两人在学术上进行了合作。通过与巴恩斯的合作，杜威纷乱的艺术思想得到了一种哲学形式的呈现。巴恩斯的书——《艺术绘画》献给了杜威，杜威的书——《作为经验的艺术》则献给了巴恩斯，这就是两人合作的最好证明。

纽约有一个由十几个成员组成的哲学俱乐部，这些成员大多来自纽约的一些院校，也有的成员来自耶鲁大学和宾夕法尼亚大学。哲学俱乐部的成员每个月都会举行一次聚会，并在聚会上相互讨论。杜威和其中一部分成员成了关系很好的朋友，比如来自联邦神学院的阿瑟·库什曼·麦吉弗特、威廉·亚当斯·布朗、托马斯·霍尔；来自文化伦理协会的费利克斯·艾德勒；等等。他们都对杜威有着激励作用，杜威也从俱乐部的讨论中了解到了其他同样具有学术能力的人的观点。

附录二　名人与约翰·杜威

胡适与杜威

　　1915年的暑假，尚在美国康奈尔大学学习的胡适正在用功研读杜威的作品，他一边阅读，一边做英文摘要。胡适在他的《藏晖室札记》的自序中写过当时的感受："从此以后，实验主义成了我的生活和思想的一个向导，成了我的哲学基础。"这年秋天，胡适来到纽约，进入哥伦比亚大学，从此开始跟随正在哥伦比亚大学任教的杜威学习。

　　1917年，胡适回到中国，在北京大学担任教授，参加编辑《新青年》，大力提倡白话文，共同发起了一场轰轰烈烈的新文化运动。

　　杜威最初的远东之行计划中并不包括中国，但是他在日本讲学的这段时间里，接到了胡适的来信，胡适在信中热情地邀请杜威来中国。

　　胡适当时正在北京大学任教，同样来自北京大学的蒋梦麟恰巧也在日本，于是蒋梦麟连同郭秉文一同前去拜访杜威夫妇，同时正式向杜威发出邀请。他们是以北京大学、少年中国学会、励新学会、尚志学会的名义来邀请的，杜威稍做考虑之后，决定接受邀请，来中国走一走。中国的风景名胜杜威早有耳闻，他打算在中国小住几个月，好好游历一番，顺便讲学。于是，他暂时制定了来到中国以后的行程——从上海出发前往汉口，再北上去北京。

1919年4月27日，杜威带着夫人和女儿离开了日本，踏上了前往上海的航程。

《申报》于4月28日刊登了杜威即将在4月30日抵达上海的消息，并称杜威为"世界思想领袖""教育先导"。

早在杜威尚未抵达上海之时，他便已经是中国教育界耳熟能详的人物了。这是因为胡适曾经发表过一篇名为《实验主义》的文章，对实验主义哲学流派相关内容进行了详细的解说，并且将实验主义的方法概括为"大胆的假设与小心的求证"，这句话在中国可以说是广为流传，所以杜威的到来受到了热烈的欢迎。

30日下午，杜威乘坐的熊野丸号抵达上海。来码头迎接杜威的人很多，有作为北京大学代表的胡适、作为南京高等师范学校代表的陶行知等，众人对杜威的到来表示了热情的欢迎。之后，杜威一家人被送到了他们暂时的住所——沧州别墅。胡适向杜威表明邀请他来到中国的用意，并且介绍了中国现在正在发生的一些事情。

杜威来到中国之后，各家媒体都开始报道杜威即将在省教育厅进行演讲，并宣称时间是在5月2日和5月3日这两天的下午3点。不过5月2日又将日期变更为5月3日和5月4日。除此之外，身为杜威学生的胡适也将于5月2日晚上7点进行一场演讲来讲述实用主义，并以此作为杜威接下来两天演讲的导言。

胡适的演讲很成功。接下来的两天，杜威分别进行了两场演讲，演讲题目是《平民主义的教育》。当时正下着大雨，数千名青年冒着大雨赶来听杜威的演讲，会场内座无虚席，甚至有很多人因为没有地方坐而站在会场两侧的墙脚，这样的热闹场面在当时的上海是很少见的。

5月3日的第一场演讲的组织者是陶行知，主持人是沈恩孚，翻译是蒋梦麟，记录员是潘公展。演讲非常成功，实用主义渐渐开始影响到中国近代思想文化的发展。

杜威原计划在中国待几个月，结果却待了两年的时间。其间，杜威一共走访了14个省市，在每一个城市都进行了讲学，在此过程中，杜威将他的实用主义哲学进行了系统的介绍，在中国引起了极大的反响。在长达15个月的讲学期间，杜威进行了16次关于社会与政治哲学的演讲，16次关于教育与哲学的演讲，15次关于伦理学的演讲，8次关于思维类型的演讲，3次关于詹姆斯、罗素、柏格森的演讲，以及其余演讲，共200余场演讲。

杜威的这些演讲也在其学生胡适与陶行知的帮助之下发表在了《新潮》《晨报》等刊物上。同时，杜威的这五大系列演讲被整理成书大量发行，这就是《杜威五种长期演讲录》，该书一经出版，立刻被抢购一空，在杜威离开中国之前，足足再版了十次。从此，实用主义哲学在中国传播开来。

对于杜威的中国之旅，胡适曾经在他的文章《杜威先生在中国》中这样评价："自从中国与西洋文化接触以来，没有一个西洋学者在中国思想界的影响有杜威先生这样大的。……在最近的将来几十年中，也未必有别个西洋学者在中国的影响可以比杜威先生还大的。"

陶行知与杜威

　　1915年，24岁的陶行知来到哥伦比亚大学攻读教育学，成了杜威的门生之一。

　　那时正值祖国危难之际，那些生活在社会底层的劳动人民过着落后、无知而又贫穷的生活，陶行知立志要改变这一现状。在那些发达国家中亲眼看到了许多先进的东西，学到了许多先进的知识后，他更加坚定了这一信念。

　　自幼时起，陶行知就是一个聪明好学的孩子，他有着满腔的热血和爱国热情，这些都不断地激励着他为了祖国的现代化而奋斗。最初，陶行知想要学医，因为这样可以为广大劳动人民解除病痛，但他17岁时考入的学校是一所教会学校，非常歧视像他这样不愿意加入教会的学生。陶行知入学仅三天便愤然离去，因为他不想让那些人随意摆布自己的思想。

　　之后，陶行知又先后在几个学校进行了学习，但很快他就意识到学医是无法拯救这个社会的，于是他选择了留洋，他想要通过学习这些先进的东西将依然在沉睡的人们唤醒。陶行知来到了哥伦比亚大学，那时候一同来学习的还有胡适等人，他们这一群志同道合的伙伴，都在为了改变祖国落后的现状而不断努力。

　　在哥伦比亚大学的这段时间里，陶行知跟随着杜威学习，他被杜威的实用主义思想所吸引，于是，他在继承的基础上对杜威的思想进行了发展，并将其带回了中国。

在学校组织形式上，杜威认为"学校即社会"，学校是社会生活形式的一种，它应当是一个小型的社会。但是陶行知却认为，在这样的观点下，能够在学校里学到的内容不会太多，倒不如说"社会即学校"，如此一来，无论是教育的方法、材料、工具还是环境都能够增加，学生和老师的人数也会逐渐增加。而且，"生活即教育"可以说是"社会即学校"逻辑的保证和延伸，并与之紧密相连。

显然，陶行知肯定了杜威的思想，并对其进行了发展，使之更适合当时的中国国情，是一条能够使国民素质得到提高的道路。

在陶行知看来，学校教育首先是一种武器，在动员民众上，它是最可靠而且有效的武器；其次，学校教育需要带领学生前进，走上正确的道路，从而不断提高国民素质；最后，学校教育要使中国走向富强，创造一个富有的社会。

陶行知根据国内现状将注意力放在了乡村教育问题上，并以生活教育为主线，展开了一场平民教育的运动。为了使教育的社会功能发挥，他创办了多所学校，不断对学校教育与社会联系之间的规律进行探索，并找出适合的途径，从而构架出一种新的教育体系，受到了人们的广泛关注。

在教学方式上，杜威认为如果社会不平等，那么教育只是外力强加于受教育者的目的。在教材的选择上，杜威建议将基本的人类事物作为学校教材，因为他认为儿童自身的社会活动才是学校科目之间能够相互联系的关键。杜威所强调的是"从做中学"，在他看来，如果获取知识的途径只是看书和听课，而不通过活动，那么这些知识就是虚无缥缈的。不仅如此，杜威还强调德育，认为能够推动社会进步的力量正是道德的力量。杜威重视道德的作用，并要求智育与德育相结合，从活动中对儿童的道德品质进行培养。

陶行知提出了"教学做合一"，这是他在老师杜威的思想基础上进行的发展，这既是一种生活方式，也是一种教育方式。这种思想也就是一种对于教育的说明：在生活之中，人们对事情用"做"，对于自己的进步用"学"，对于其他人的影响则称为"教"，所以教育其实并不是三个相互之间没有什么联系的过程，而是生活的三个方面。

陶行知认为，知识要从"做"的活动中获取，"教"和"学"都是教育的中心，事情应该怎么做，就怎么去学；事情应该怎么去学，就怎么去教。在陶行知看来，"教而不做，不能算是教；学而不做，不能算是学"。不过，陶行知的"做"和杜威的"做"之间有一定的差别，他的"做"指的是生活中的琐事，而非杜威常说的实践。

无论是杜威还是陶行知，他们的先进思想都是建立在其社会历史条件之上的，但是从教育思想的精髓和教育思想的方向上来看，他们俩是极其相似的，并且都给教育事业的发展带来了深远的影响。

陈鹤琴与杜威

1914年，陈鹤琴从清华学校（今清华大学）毕业后来到了美国，开始了留学生涯。他在杜威曾经攻读博士学位的约翰斯·霍普金斯大学里取得了学士学位，之后进入哥伦比亚大学。

当时，杜威的学生兼同事的克伯屈、心理学家桑代克、教育家孟禄都是陈鹤琴的老师，而杜威并不是陈鹤琴的老师。虽然陈鹤琴没有受到杜威的直接指导，但是当时在哥伦比亚大学里，杜威的实用主义思想对他产生了深刻的影响。

陈鹤琴回国之后，在宣传欧美教育的同时，提出了"活教育"这一理论。陈鹤琴曾说过，他的这一理论与杜威的理论是相配合的，两人的理论无论是出发点、所使用的方式，还是所走的路，都是相同的。陈鹤琴的一切教育实践皆围绕着"活教育"展开，他积极地进行探索，促进了中国教育事业的发展。

陈鹤琴在艺术教育上也做出了巨大贡献，无论是在他的教育理论中，还是在他的教育实践中，都透露出了杜威的艺术教育思想。

杜威认为"艺术即经验"，在他看来，艺术来源于人们的生活。杜威以人的生活经验作为艺术的基础，将生活经验与艺术结合在一起。杜威的观点中所透露出来的意义也很明显，那就是丰富生活经验的途径之一就是艺术。很显然，杜威的艺术教育思想的基本追求就是使学生的日常生活经验变得更加丰富。

陈鹤琴认为，陶冶人的情操，培养一个人坚强的意志力，使人的创造力得到不断发展等才是艺术教育的真正价值所在，而使受教育者能够在艺术教育过程和艺术教育活动中，得到情感上的共鸣以及精神上的愉悦，是陈鹤琴艺术教育的根本宗旨。针对不同年龄段的儿童，陈鹤琴提出了不同的目标、路径和方式，从而培养儿童的意志力、情操和创造力等。

杜威在《我的教育信条》中提出："教育不是生活准备，而是生活的过程。"杜威强调学校要为儿童呈现出一种既生气勃勃又真实的生活。他对学校的传统课程以及学校所使用的教材进行了大力批判，因为他认为这些都是前人经验的累积，是成年人标准的代表，已经远远超出了儿童所能接受的范围。因此，在杜威的实验学校的艺术实践中，杜威让儿童在日常生活中，将自己看到的、听到的、想到的通过艺术形式表现出来，并在这个过程中通过自身的理解使艺术的内涵得到延伸，从而自己把握艺术。

陈鹤琴也主张让艺术教育回归到儿童的日常生活中去，他认为，在儿童的日常生活中，艺术无处不在。在音乐方面，陈鹤琴认为音乐教育要渗透在每门学科之中，尤其是在选择音乐教材时，要与儿童的生活经验相适应；音乐教育不仅是通过学校教育，而是学校、家庭、社会的共同教育。在绘画方面，陈鹤琴认为儿童画出来的图画都是存在于自身经验之中的事物，因此要以儿童的日常生活为中心来进行艺术教育，教师需要结合日常生活中的社会事件或者是自然现象，为儿童创造机会对生活、自然、社会进行了解，做到"寓教育于生活之中"。

在杜威看来，每一门学科都是在这个世界的各种关系中产生的，儿童生活自然也处于这个联系之中，因此儿童所学习的各类课程也应该是相统一的。杜威反对将各门学科割裂开来，也反对将一门学科肢解，他认为，各门学科之间应当相互联系，一门学科内的各个部分也应该相互联系，他倡导以艺术作为基础课程来展开其他课程的教学。

　　陈鹤琴反对将教学内容划分得太过细致，在他看来，这是一种完全不顾及儿童心理特征的做法，割裂了每门学科之间的联系，使教学内容太过杂乱，无法引起儿童的学习兴趣。陈鹤琴主张将学前儿童的课程"打成一片"来学习，让儿童在丰富多彩的艺术活动中接受教育，激发儿童对学习的兴趣，从而使儿童能够真正投身于学习之中。

　　杜威的理论和陈鹤琴的理论之间有一定区别，但是两者之间又有着内在的联系：他们都抓住了生活、儿童、成长与教育的关系，细致分析了传统教育，并对其中不合理的地方进行了无情批判；将传统教育脱离社会、脱离儿童生活的弊端剔除；把儿童看成独立的个体，真正做到了实践与理论相结合，教育与生活相结合。

张伯苓与杜威

　　1917年，张伯苓前往美国。张伯苓是带着任务被严修（严范孙）派到美国来的，他要在哥伦比亚大学学习大学的经营之道，这就促成了张伯苓和杜威的一段短暂的师生缘分。

　　1918年，严修也来到美国考察，严修和张伯苓两人对美国各所大学的运作进行了深入的了解。两人在年底回国，并开始为南开大学的筹办四处奔走。在严修和张伯苓的努力之下，1919年，南开大学举行了开学典礼，这是南开大学的第一次开学典礼，也是南开大学正式成立的标志，那时正在中国的杜威恰好见证了南开大学的创立过程。

　　1919年7月底，杜威来天津参加一场教育会议，这场会议为期两周，其间的一个中午，杜威到南开大学吃了一顿美味的午餐。

　　这是一所没有传教士的学校，完全由中国人自己资助和管理，杜威对此表现出了浓厚的兴趣。他问张伯苓，过去的那种传教士教育对人们的心态有何影响，张伯苓告诉他，传教士教育使人们发生了很大变化，这种差距就像是美国的年轻人与老年人之间的差距那么大。张伯苓还告诉杜威，基督教青年会里的人也不是传统意义上的传教士，而是一群社会工人，他们认为社会环境应当被教会所改变，至于过去那种不介入其中的想法，他们早就抛弃掉了。这让杜威有些惊讶，在他看来，这样的改变非常鼓舞人心，甚至教会也会在这一过程中丢掉腐朽、阴暗的方面，重新焕发青春，变为一种社会宗教。

张伯苓说话之时经常会使用一些新奇的比喻，这让他们的交谈十分愉快。

杜威还与张伯苓就勤奋与懒惰的话题进行了讨论。通过对这一话题的讨论，杜威的一个想法变得更加坚定——中国人的保守主义并非因为中国人顺于传统，而是一种辩证的智慧。

威廉·托里·哈里斯与杜威

威廉·托里·哈里斯是美国哲学家和教育家，他很早就对德国哲学和文学产生了兴趣，并开始对黑格尔哲学进行研究，后来他也成为一个研究黑格尔哲学的一流学者。

1867年，哈里斯等人在圣路易斯创办了《思辨哲学杂志》，这是当时美国唯一的非神学的哲学刊物。哈里斯和他身边志同道合的伙伴，都不是因为神学才对哲学进行研究的，杜威称他们几乎成了献身于哲学研究的仅有的一批人。

杜威和哈里斯的相识可以说是通过《思辨哲学杂志》。杜威尚在佛蒙特大学读书时，就已经在阅读这本杂志了，毕业之后的杜威也依然在阅读这本杂志，并常常将自己写的文章寄给哈里斯。杜威在将文章寄给哈里斯的时候，会询问哈里斯，自己是否有能力从事哲学研究的工作。那时的杜威对于自己的未来职业还有些不确定，哈里斯肯定的答复让杜威感到信心倍增，可以说，当时杜威决心将哲学研究作为职业，哈里斯是一个重要的推动因素。

杜威曾经说过，自己当时寄给哈里斯的文章显得有些简略和刻板，那时候他对黑格尔哲学还不够了解，完全是靠着一种直觉主义的语言来写成这些文章。杜威寄给哈里斯的文章标题都是自己取的，在缺乏合适教材的情况下，杜威只能给出一些刻板的叙述。

1882年，《思辨哲学杂志》的第四期上发表了杜威的第一篇文章，文章的标题是《唯物主义的形而上学假说》；之后在第六期上，杜威的另一篇文章《斯宾诺莎的泛神论》也发表了。从此，杜威踏上了哲学研究的道路。

附录三 约翰·杜威与中国

杜威来到中国的第五天，声势浩大的五四运动就爆发了。

其实在杜威来中国之前，中国就已经掀起了一场革命，这是思想文化、文学领域的革命，所形成的社会思潮也颇为广泛。

原本杜威夫妇并未打算在中国久留，但是五四运动却吸引了杜威的目光，并使他产生了很大的兴趣。随杜威夫妇来到中国的女儿露西·杜威在为《杜威夫妇书信集》所写的序中说道："他们改变了原来的计划，因为这一运动迷住了他们。"

在中国学生的挽留下，杜威决定在中国再待一段时间，看看五四运动后续的发展情况。这一待就是两年零两个月，一直到1921年7月11日，杜威才离开中国。

五四运动的消息不断传来，杜威夫妇决定北上，并于5月30日抵达北京。五四运动的高潮正是在6月初，杜威夫妇看到了街上成百上千正在演讲的学生，他们宣传着收回权利、抵制日货……他们充满激情和热血。这历史性的一刻使杜威夫妇感到非常震撼。

杜威夫妇在6月5日给女儿们写的信里说："现在是周四的早晨。昨天晚上的时候，我们听到消息说，在前两天被捕的学生已经有700多人了。据说他们将北京大学当成了临时'监狱'，学生都被关在法学院里。现在法学院已经塞满了人，又开始往理学院塞人了。"

晚上的时候，杜威夫妇又将最新的消息写给女儿们："我们在今天傍晚得知，那些在北京大学看守学生的士兵都撤走了，就连他们所居住的那些帐篷也一并拆除带走了。但是，那些被关在学校里的学生却开会决定，若是没有言论自由，那么他们就不从这里走出去。学生声称，他们无论如何都会继续发声，如果还是要被关回来，那么就没必要离开这里了。学生不肯离开这座临时'监狱'，反倒是给北洋政府出了一个大大的难题。"

后来，杜威夫妇也就这一情况向女儿们做出了解释，当时士兵撤走，其实是因为商人对于学生被捕这件事非常愤慨，为了抗议，他们集体罢市了。

当杜威夫妇目睹了那些走上大街的学生，目睹了社会各界人士对于学生的支持时，他们感到非常惊奇，甚至对此感慨万分。

6月16日，杜威夫妇再次给女儿们写信，告诉她们学生已经不再罢课了，商人也不再罢市。6月16日，他们又给女儿们写信："我用起哄闹事来形容学生的第一次运动是有失公允的。显然，这次的运动有着周密的计划，他们结束得也比预计的要早。他们并不想被任意一方所利用，而是作为学生团体独立行动。假如让我们国家的学生来领导这样的一场运动，并且还能使各界人士加入他们，我认为这几乎是不可能发生的事情。这个国家真的了不起！"

7月2日，他们再次写信给女儿们："我们听说，中国的代表团拒绝在合约上签字，这使得气氛再次开始紧张了。"7月4日，他们又告诉女儿们："你们难以想象中国的代表团拒绝在合约上签字这件事包含的意义——这是那些学生所掀起的舆论。"

杜威夫妇写给女儿们的信都是他们在这次事件中的所观所感，那时候的西方人大都认为中国积习深重，不易改变，杜威也抱有相同的看法。但是，当他对这件事进行了真正观察和分析之后却发现，事实与他之前所想的完全不一样。

杜威通过《中国人的国家情感》这篇文章向西方人传递了这样一个信息：五四运动向全世界证明了中国人国家情感的存在和力量，假如还有人对此表示怀疑，那么这就会让他们得到一个让人无比信服的教训。杜威还在《中国的新文化》这篇文章中指出，通过新文化运动，中国为未来打下了坚实的基础；同时他也尝试让人们去相信传统思维方式的改变，自然会带来政治、经济、军事、科技等方面的改革。

杜威在中国的这段时间里，除了见证了这样历史性的一个事件，还担任了北京大学的客座教授，并陆续在中国许多城市进行了演讲。杜威的演讲对实用主义哲学进行了系统的宣传，他的思想理论在中国引起了极大的反响，因为杜威的思想理论可以说是满足了当时的时代需要，也促进了中国的教育改革以及经济发展。

杜威实用主义哲学的研究范畴是社会，他强调教育，视解决社会问题为己任，并要求人们对自己所生活的时代有一定的了解。他的这些思想理论对中国的教育思想、教育观念以及教育理论的形成都有着深远的影响。除此之外，在中国教育学科的构建以及教育教学改革的实践方面，杜威的思想理论也起到了很大的作用。

对于中国的教育事业，杜威也表现出了他的关心。在杜威的演讲中，他多次提出自己的意见，并希望与中国的学者共同找出一条适合中国教育发展的道路。杜威的观点基本上可以分为这样几点：第一，想要对教育进行发展，就必须要树立坚定的信心；第二，根据本国实际国情的需要来学习国外的先进经验；第三，时刻教育学生重视和发扬爱国主义精神；第四，使学生能够做到情感与智慧相互交融并使用；第五，所有人都应当努力去创造，为世界文明的发展贡献出一份力量。

在中国的这段时间，杜威无论到哪个城市都会受到当地人的热情欢迎，中国人的深厚情谊让杜威无法忘记，中国人的爱国精神也让杜威为之动容。在杜威即将离开中国的时候，他曾在欢送他们一家人的饯行宴会上这样说："在中国的这两年，是我生命中最有意义的一段时间。我在这里学到了很多，比以往任何时候都多……一直以来，我都主张东西文化相互融合，而中国，正是这两种文化的交点。"寥寥数语，表达出了杜威对中国的深情，也让所有人都无比感动。

杜威的思想理论影响着中国，而中国优秀的文化传统以及社会的不断变化也感染了杜威，给他带来了深刻的启示以及持久的影响，甚至激起了他在学术上的更大热情。

蔡元培在杜威60岁诞辰时发表演讲。蔡元培认为，孔子是东方文化的代表，而杜威则是西方文化的代表，两者在思想上有许多共同之处，比如都对学生的个性十分重视，都认为实践经验影响着学生。蔡元培还认为，杜威的思想对每个人都有一定的影响，并且这种影响是确实存在的。

在离开中国46年之后，当时跟随父母一同来到中国的露西·杜威说："在中国那两年，是这一生当中最令我感到愉快的时间，也是我这一生中最为丰富多彩的一段时间。不仅仅是对我来说，对我的父母来说也同样如此。"而杜威夫妇的另外一个女儿简·杜威也曾经说过："杜威对中国人表示了由衷的敬佩，这不仅限于那些私交甚笃的学者，而是对所有人。杜威对中国一直以来的关心，仅仅次于对他自己的国家。"

杜威的中国之行促进了国家与国家之间的文化交流，也促进了人与人之间的学习，使人们可以在相互学习和影响中共同进步。

附录四　约翰·杜威的中国学生

　　作为一名享誉世界的教育家，杜威的学生可谓遍布全世界，其中有很多学生正是来自中国。

　　杜威在哥伦比亚大学任教的那段时间，哥伦比亚大学教育学院有许多来自中国的留学生。杜威的中国学生后来大部分都成了知名的教育家、思想家，其中有郭秉文、胡适、蒋梦麟、陶行知、郑晓沧、张伯苓、李建勋等。

　　那个时候中国学生赴美留学多是为了学习科学，但是在美国学习了一段时间以后，很多人都转学文科，他们与杜威的师生缘分就是这样开始的。

　　杜威的第一个中国学生是郭秉文。郭秉文是中国近代的教育家，曾经担任过南京高等师范学校、东南大学的校长。郭秉文在1908年赴美留学，起初，他在伍斯特理工学院学习理科。1911毕业之后，他来到哥伦比亚大学，在教育学院学习教育学，杜威是他的老师。1914年，郭秉文获得博士学位，也是在这所学院中第一个获得博士学位的中国人。

　　胡适是中国著名的哲学家、诗人、文学家，曾经担任过北京大学的校长。他于1910年赴美留学，最初在康奈尔大学读农学，之后他又进入哥伦比亚大学改读文科，学习哲学。胡适进入哥伦比亚大学的时间是1915年，他从老师杜威这里接触到了实用主义哲学。

　　胡适在杜威来中国前，就已经在自己的文章中多次介绍自己的老师杜威的思想与观点。杜威来到中国之后的演讲，只要是在北方，几乎都是胡适在进行翻译工作。胡适通过对杜威理论的整理和总结所提出的"大胆的假设与小心的求证"观点，更是广泛流传。

胡适曾经说过，对他的思想影响最大的有两个人，一个是赫胥黎，另外一个就是杜威。胡适认为自己从赫胥黎那里学会了如何怀疑，学会了对那些没有充分证据的事物保持警惕；而从杜威那里则学会了怎样思考，学会了时刻顾虑到当前问题，并学会了"将一切学说理论都看作结论的假设"。

蒋梦麟同胡适一样，最初学的农学，然后转入文科，学习教育学。蒋梦麟是中国著名的教育家，他也同胡适一样，担任过北京大学的校长。不过，蒋梦麟担任北京大学校长是在胡适之前，不仅如此，蒋梦麟还是北京大学任职时间最长的一位校长。蒋梦麟和胡适之间有着深厚的友谊，在蒋梦麟担任北京大学校长期间，胡适给予了蒋梦麟很大的帮助。

蒋梦麟1908年赴美留学，1909年2月进入加利福尼亚大学伯克利分校开始学习农学，毕业之后，他进入哥伦比亚大学，跟随老师杜威学习教育学和哲学，并于1917年3月获得哥伦比亚大学的哲学博士学位以及教育学博士学位，之后便回国。蒋梦麟曾经说过，他在哥伦比亚大学遇到了很多教授，他从这些教授身上得到了很多的启示，他会终生铭记他们带给他的教诲，他特别提到了一个人，那就是他的老师杜威。

陶行知是与胡适同时进入哥伦比亚大学的，两人是同乡，自幼同学。陶行知是中国著名的教育家和思想家，他于1914年赴美留学，在伊利诺伊大学学习。陶行知在获得政治学硕士学位后，于1915年进入哥伦比亚大学学习教育学，师从杜威，并且再次与胡适成为同学。

陶行知一直以来都被认为是杜威的中国学生中的典型代表，他提出了"生活教育"理论，他是平民教育的实践者，即使出现再多的困难，也没有阻挡住他进行实践的步伐。著名的汉学家费正清曾经对陶行知做出过这样的评价：

"陶行知是杜威的学生，但他正视中国的问题，超越了杜威。"并称陶行知为杜威"最有创造力的学生"。

郑晓沧是中国著名的教育家，他曾经担任过国立中央大学教育学院院长、浙江省教育学会名誉会长、浙江师范学院（今浙江师范大学）院长等职位。郑晓沧1914年从清华学校（今清华大学）毕业之后赴美留学，在威斯康星大学学习教育学，并于1916年获得学士学位。之后，郑晓沧来到哥伦比亚大学，继续学习教育学，师从杜威，并于1918年获得哥伦比亚大学教育学博士学位。在郑晓沧看来，他的老师杜威所提出的教育学说是其做出的最大也是最实际的贡献。

在1917年，哥伦比亚大学又来了两位中国后来的著名人物——张伯苓和李建勋，他们两个人进入哥伦比亚大学的时间差不多。

张伯苓是中国著名的教育家，是南开大学的创始人之一，同时也是西南联合大学的创始人之一。不仅如此，他还是中国的奥运先驱，曾经担任过国民政府考试院的院长。张伯苓来到哥伦比亚大学学习高等教育是在1917年的8月份，杜威、桑代克、孟禄等都是他的老师。张伯苓于1918年年底回国，之后就开始了南开大学的筹办工作。

李建勋是中国著名的社会活动家、教育家。1917年，李建勋赴美留学，在哥伦比亚大学攻读教育学硕士，师从杜威。毕业之后他回到中国，任北京高等师范学校（今北京师范大学）教育研究科主任。1921年，李建勋担任了北京高等师范学校的校长一职，不过他在职时间颇为短暂，仅仅一年多。

附录五　约翰·杜威的主要学术观点

　　杜威在美国教育改革上的成就使他蜚声世界，但是实际上，杜威首先是一位哲学家，其次才是一位教育家。

　　20世纪早期的美国哲学家中，杜威占据着一席之地，实用主义奠基者正是杜威和威廉·詹姆斯、查尔斯·桑德斯·皮尔斯。

　　在19世纪末20世纪初的时候，杜威的孩子年纪还小，那时候的他将精力放在了学校教育方面，无论是他创办的实验学校，还是他的那些为其他教育者和学生家长做出的演讲、写出的短文，对当时，甚至对今天都有着重要的意义。

　　杜威将教育的本质归纳为三个命题：一是"教育即生活"，二是"教育即生长"，三是"教育即经验的改造"。

　　"教育即生活"，也就是说教育和生活经验之间是紧密相连的，在杜威看来，学校应当与社会相结合、与儿童相结合。他要求学校成为一个小型社会，但要是一个经过了净化和选择的社会，它需要具有能够使社会生活简单化、单纯化、平衡化的功能，从而使儿童能够与更为广阔的环境相接触。

　　"教育即生长"是一种新型的发展的教育观。杜威的"教育即生长"理论要求教师和儿童之间建立一种新型的师生关系，要求教师尊重儿童，在合乎儿童心理发展水平的前提下，让儿童的发展更为充分，同时还要求教师参与到学校的日常管理当中来。杜威认为，生长的过程是环境和有机体相互作用的结果，这一过程是持续不断的，它没有一个终极的目标，并且该过程本身正是教

212

育和生长的目的所在。

　　"教育即经验的改造"，在杜威看来，所有真正的教育都是从经验中得来的，但并非所有的经验都能够起到教育作用或者说有真正的教育作用。这一理论所强调的是人在经验过程当中的主动性，杜威认为，每一种连续性的经验都具有教育作用，而教育的开始也正是由于这种经验。同时他认为，假如儿童所遵守的是外界强行施加的教育目的，那么就违反了儿童的本能和自身的需求。因此，杜威要求教师在以适应儿童身心发展水平为前提的教育过程中，应该提高儿童的主动性，使他们主动参与到教育的过程中来。

　　其实，通过杜威的著作就可以看出杜威在教育方面观念的变化，他的关注点从学校教育渐渐变为更加广泛的教育观念。

　　1979年，理查德·罗蒂的《哲学与自然之镜》出版。这本书的出现改变了当时的哲学的面貌，通过罗蒂的研究可以看出语言学转向，如果忽略哲学上的语言学转向，杜威的思想理论就会变得不是那么容易理解。

　　罗蒂在书中将杜威称为20世纪最重要的哲学家之一。杜威的思想与社会理论是紧密相连的，虽然他并不是一个社会理论家。同时，他的社会哲学也预示了哲学的发展。在杜威看来，教育学是以一切社会哲学为基础的，无论这种情况是隐蔽的还是明显的。

　　杜威的思想有着很强的综合性，认识论、美学、伦理学都融合于他的思想之中。对于自己之前所做的哲学研究的议题，杜威做出了回应，他认为一个哲学家的思想并不是永恒的知识，它是在哲学家本人所处时代的争议与冲突中诞生的。而从杜威的书中能够看出，杜威显然也认识到了自己的思想本身所具有的历史严肃性，他在《哲学的重建》之中写道："在社会生活的各种张力和压力下，某种形式的哲学产生了，同时它还出现了不同的问题、主题，分成了不同的种类……并且随着人类生活的变化而发生改变。"在杜威看来，人类的生活是不断向前的，而且在这一过程中，往往包含着人类历史的转折与危机。

杜威的思想所反映出来的是美国的主流价值观，就像杜威自己曾经解释的一样。杜威所生活的时代是一个进步的时代，生活，在这段时期可以说变得极为复杂，因为那个时候的美国社会正面临着巨大的不公平问题，而造成这一现象的主要原因是城市化和工业化的发展。杜威也积极投身于改革之中，他是一个积极分子，并且心怀善意。

在杜威的《从绝对主义到实验主义》一文中，杜威坦然承认了威廉·詹姆斯的思想对于自己思想的影响。传统哲学和古典实用主义之间的区别，就在于古典实用主义的每一个理论家都有属于自己的哲学框架，所涉猎的相关主题也相当广泛，比如社会情况、法律、逻辑、科学，等等。假如依照历史学家路易斯·梅楠的说法，那么，实用主义就是对人类在面对世界问题时，实际去应对的思维方式的一种阐述，而无论是真理还是那些抽象的事物都消失不见了。绝对的真理、日常生活中那些绝对的东西都是不存在的，行动是否正当应该通过这一行动所带来的后果来判断，而行动的效用性则是通过行动所带来的影响与其对其他事物的刺激来判断。最后，因为美国文化的多元性，实用主义行动也显得十分有用和可行。

杜威的导师莫里斯是一名新黑格尔主义者。在他的影响之下，早期杜威曾经对绝对理念论有着浓厚兴趣，之后他越发地对"社会主体"感兴趣，而这就是杜威的实用主义的核心概念。在杜威的哲学生涯中，有抽象的概念、有具体的概念，甚至还有日常问题的解决。它们有的直接，有的间接，在杜威的作品中交互出现，可以说是杜威的哲学思想中不可缺少的一部分。

杜威最早的作品写于1882年，近些年，美国的哲学家按照哲学的传统思路给杜威的作品进行了更加细致的分类，比如政治哲学、道德等，可能他们认为"社会哲学"类别显得太过宽泛。

杜威所生活的时代正是其社会哲学的外在语境，而杜威社会哲学的内在语境则是那一系列的"社会"概念。通常情况下，词语、符号等相关事物的背景就是所谓的语境，杜威曾经在谈论语言时探讨过语境。他有一篇发表于1931年的文章，名为《语境与思想》，在文章中，杜威先是对"在分析哲学问题时忽视了语境"这一情况进行了批判，然后开始对"选择性兴趣"的一般性进行讨论。文章中能够明显看出杜威对于文化的关注已经开始了，在杜威看来，并非语言预示着文化，而是文化预示着语言。

从杜威社会哲学的内在概念看，其目的在于探索各种策略，并解决问题；从杜威的社会哲学的外在形式上来看，有整体的，有共同构成的，还有有机的。有机，也就是说无论是生活还是思想都是源于自然的天性。杜威认为，知识领域不可分割，而哲学的价值也不容否认。

从思想层面上来看，杜威的哲学过程是抽象而具有改造性的；而从具体层面上来看，杜威的哲学过程是经验的、实证的并且带有后果论的。杜威往往会对过去的哲学思想进行深入的研究，并且找到其中恰当的部分进行重组和改造，使之成为一种新的思想。可以说，杜威所特有的方法论就是改造。

经验是杜威实用主义的重要标志。经验被实用主义用来对问题进行解决，这对杜威而言就是一种科学观念，用来反应如何去运用人类的思想和行动。

杜威的经验所指的是一个过程，在这个过程中有机体与环境之间交互作用。假如这个有机体指的是人，那么这个过程就是人与环境之间的交互作用、人与其他人之间的交互作用，而社会就融入其中，杜威在讨论人类群体组织时所使用的正是这一经验过程。在杜威看来，经验具有工具性。经验之所以具有价值，就是因为它可以帮助人们在日常生活中解决问题。

杜威所处的那个时代，个体心理学十分突出，虽然杜威的思想的关注点主要是个人，但是也对那些活跃的群体越来越关注。

　　杜威认为理性心理学在心理学研究中的宝座应该让给实验心理学，这一点在他的文章中有所体现。在杜威看来，刺激与反应并不是单独的实体，它们是相互依存的关系，存在于行为内部，起到一种协调作用。于是杜威认为，从某种程度上，有机体主动对环境进行了改造，而不仅仅是被动地适应环境。在他看来，人的心理就是表现在个人行为之中的信念，而人的心理生活其实就是个体的协作或者是行为，习惯则是那些已经建立成功了的协作。人的心理发展过程事实上等同于一个社会过程，人的心理会受到不同社会环境的影响，从而发生不同的变化。

　　本能在杜威看来是原始的、天生的，而习惯则是活动发展的产物，是习得的。杜威认为，人类的婴儿在出生时，只能依靠具有一定习惯的成人的帮助来继续生存，不然便无法继续存活下去，而且成人还得给儿童提供食物和住宿，并保护他不受伤害。杜威还认为，儿童需要找到一种方式来表现自己有意义的天赋活动，而天赋活动的意义事实上也是习得的。如果用天赋活动来解释人的复杂生活以及这个社会的复杂生活，那么就会显得太过牵强，所以在对社会心理因素进行讨论之前，知道一些能够将初始的活动培养出明确的重要倾向性的条件是必要的。显然，社会心理学的真谛就在于此。

　　在习惯和其他机能之间有一个共同之处，那就是以有机体与环境的合作为前提。比如人的呼吸需要空气和肺，缺一不可，这就是有机体与环境共同合作的成果。除此之外，杜威还提及了借助工具这一习惯，在他看来，只看到存在于人身上的技巧，而无视工具的协助以及那些外在事物支持的人太过可笑。

　　在杜威看来，道德习惯也是不能离开社会环境与大自然的。一个人在完成某项活动之后，社会上对他完成的这项活动会产生不同的反应，比如鼓励、赞同、反对，等等。行动无论是善是恶，都包含着社会因素，也正因如此，杜威认为仅仅依靠决心和意志无法改变人们的习惯。

杜威曾经这样说过："消灭战争、公平交易、人与人的机会平等，这些我们都可去期待，但是在培养道德规律、意志等方面却很难取得良好的成果。而我们要做的就是对客观的安排进行改变，对环境进行改造，而不只是将心思花费在人的身上。"

无论是思想教育方面还是哲学方面，杜威都是极具影响力的人物。他的影响非常显著，对整个世界都有着广泛而又深远的影响。新亚书院院长吴俊升曾经这样评价过杜威："在他生活的那个社会的教育理论家中，几乎没有人能同他并驾齐驱。"

译者后记

顾名思义，《美国人眼中的中国人和日本人》讲述的是美国人对中国人和日本人的印象，而书中的美国人说的是美国教育家约翰·杜威，此书写的是他东游日本和中国时的亲身经历。由于杜威是一个享誉世界的教育家，因此人们通常都把关注点放在他提出的教育理论上，很少有人关注他的东游经历，但近些年来这种情况发生了变化。

在过去的许多年里，中国作为一个东方古国，引起了很多西方人的注意。美国著名记者埃德加·斯诺等人都曾多次访华，不但如此，他们还将自己访华期间的亲身经历和他们对中国的印象都记录在书中，让更多的人了解中国、熟悉中国。而近些年来，他们所写的这些内容也引起了我们这些中国人的兴趣，我们通过各种渠道了解这些异国来客在中国的见闻，以及他们对中国的评价，以期从另外一个角度，对我们的祖国有一个更加全面的认识。

遗憾的是，大多数访华的西方人都是抱着一定目的来到中国的，他们来到中国后，了解的只是他们感兴趣的那部分中国情况，理所当然的，他们写下的内容不足以让我们了解那一时期中国的全部情况，我们能看到的只是他们所见到的某一方面，以及他们对某一方面的中国问题的看法。唯一例外的只有杜威，虽然他是一个教育家，可是他的中国之行并不是以了解或改变中国的教育情况为目的的，他只是因为对东方世界感到好奇，才在他的中国学生盛情相邀之下来到中国的，正因如此，他事无巨细地记录了自己在中国的生活经历，以及他在中国的所见所闻，这些涉及了中国人的思想、中国人的生活态度等各方面的内容。这部分内容足以让我们对西方人眼中的中国有一个全面细致的了解。

除了这一点之外，杜威所写的关于日本的内容，也成功地吸引了我们的好奇心。在过去的几千年里，同为东方古国的日本与我国有千丝万缕的联系，这些联系引起了我们对日本人的好奇，我们想要了解他们的方方面面，但是由于没有足够的资料，这个愿望一直未能实现，这对我们而言一直是一种遗憾。而杜威在到达中国之前曾经在日本停留过一段时间，离开日本后，他将自己耳闻目睹的与日本有关的一切都进行了详细的记录，这些记录不仅能让我们对日本有一个全面的认识，还能让我们更深入地了解美国人的思考方式。因此毫不夸张地说，杜威的关于东游经历的记录能让我们对美国人、日本人，甚至我们中国人自身的集体性格都有一个更为深入的了解。所以对杜威的东游经历有所知的人，都热切地盼望一本与之相关的书出现。

正因如此，尽管过程艰难，耗时良久，我还是坚持将杜威关于东游经历的记录完整地翻译出来，形成了《美国人眼中的中国人和日本人》这本书。在翻译此书的过程中，我参考了《中国心灵的转化：杜威论中国》《杜威家书》《杜威与中国》《走向"对话"——杜威与中国教育》《杜威全集》《实用主义之我见：杜威在中国》《交流与融合：杜威与日本教育》等由杜威所写或由他人编纂而成的与杜威东游经历有关的书，力求将杜威的东游经历以及他对中国人、日本人的看法和影响完整地展现在众人眼前，以便阅读此书的人能满足自己的好奇心，对西方人眼中的东方世界有一个恰当的了解。